LETTRES LATINO-AMÉRICAINES

NAGER NUES

DU MÊME AUTEUR

MA FEMME DE TA VIE, Actes Sud, 2007 ; Babel nº 963.
LE RESTE EST SILENCE, Actes Sud, 2010 ; Babel nº 1188.

Titre original :
Nadar desnudas
Éditeur original :
Aguilar Chilena de Ediciones S. A., Santiago du Chili

ISBN 978-2-330-01996-9

CARLA GUELFENBEIN

Nager nues

roman traduit de l'espagnol (Chili)
par Claude Bleton

ACTES SUD

I

JANVIER 1973

SÉDUCTION QUADRANGULAIRE

Sophie fredonne, les yeux sur les portes de l'ascenseur. Jamais Morgana ne lui avait vu cet air optimiste des gens qui font confiance au monde. Et elle n'a pas besoin de regarder Diego pour savoir qu'il a la mine réjouie. À force de l'observer, elle a appris à déchiffrer ses gestes et à deviner ses sentiments. Elle aussi est ravie. C'est la première fois qu'ils sortent ensemble.

Morgana lui a demandé à plusieurs reprises de l'emmener à une de ses soirées mondaines, mais Diego s'y est toujours opposé. Selon lui, toute personne qui les verrait ensemble, même compte tenu de leur écart d'âge et de l'amitié qui la lie à sa fille, comprendrait aussitôt le lien secret qui les unit. Aussi, quand Sophie lui a annoncé qu'il les invitait à un dîner chez un sénateur, son enthousiasme était tel qu'elle a filé chez ses parents et pris en cachette dans l'armoire de sa mère une robe pour Sophie et une pour elle. Celle de Sophie a des manches longues et une transparence dans les tons verts, assortie à l'esprit d'une fille éthérée. La sienne est noire, un profond décolleté dans le dos lui donne l'allure d'une femme d'expérience. Sa mère avait dû les acheter sur un coup de tête, car elles sont loin de son style réservé et sérieux.

Une fois dehors, Sophie se tait. La rue brasse les murmures du fleuve, les rumeurs de la circulation, les aboiements lointains et les rires ténus, une arabesque de sons qui insuffle l'enthousiasme. Ils se dirigent vers le parking où est garée la Fiat 600 de Diego, et Morgana les prend tous les deux par le bras. Diego veut se dégager, mais elle l'en empêche. Elle se rappelle *Thamár et Amnón*, le poème de Lorca, et elle récite :

— "Thamár chantait sur la terrasse, elle était nue. À ses pieds répandues, cinq colombes glacées gisaient. Amnón, délicat et concret, dans le donjon la regardait."

— Délicat et concret, ton portrait tout craché, Diego, dit Sophie. Parfois, je me demande si nous ne devrions pas te déconcrétiser un peu. Qu'en penses-tu, Morgana ?

Et les deux jeunes filles éclatent de rire.

Diego affiche un sourire discret, léger arc de cercle, amène et retenu, qui ne dit jamais vraiment s'il dissimule satisfaction, ironie ou dédain.

— À vous deux, vous allez finir par me rendre fou, dit-il en pressant le pas, sous les réverbères dont les lueurs frémissent sur les façades grises.

*

Dans le vaste appartement du sénateur, que Diego tient en grande estime, les gens discutent par petits groupes, déambulent sur des tapis Khasan entre les canapés et les tableaux modernes qui confèrent au lieu un cachet cosmopolite. Mais son véritable charme, ce sont les immenses baies qui donnent sur le parc et sur la Vierge illuminée de la colline.

À peine entré, Diego engage la conversation avec une femme, haute taille, peau bronzée, traits anguleux d'aristocrate et coiffure élégante. Morgana et Sophie se carrent dans un fauteuil l'une contre l'autre. Sophie, un verre dans une main et une cigarette dans l'autre, exhale la fumée avec désinvolture. Elles échangent des regards de connivence, conscientes de l'intérêt qu'elles suscitent et du charme de leur attitude décontractée. Elles parlent presque en même temps et ponctuent leurs paroles de rires, sans fixer leur attention sur rien ni personne. Cependant, Morgana sait que son corps ne vit que sous le regard de Diego. À l'instant où leurs regards se croisent, il sourit lentement, détourne le sien et continue sa conversation.

Sophie finit par se rendre compte qu'au nombre des invités se trouve une célèbre artiste colombienne. Encouragée par Morgana, elle prend son courage à deux mains et l'aborde. C'est une femme menue et ses yeux noirs ont l'éclat subtil d'une hématite.

Morgana se sent libre d'abandonner son amie et va de groupe en groupe, son verre plein, indifférente au sens de ce qu'elle entend, préférant savourer les délices d'un léger vertige. Elle cherche les yeux de Diego et ne les trouve pas toujours. L'interlocutrice hoche la tête, opine souvent, égrène un rire qui l'encourage sans doute à se rapprocher de lui. Un homme d'une élégance tapageuse, toute tropicale, expose à un auditoire attentif ses théories sur les nouvelles attaques de l'impérialisme. À la fenêtre, Sophie bavarde toujours avec l'artiste. Morgana revient à Diego, qui a une main sur la taille de la femme, tandis que l'autre lui allume une cigarette d'un geste empressé, un geste qui accroît d'un degré leur intimité.

Elle entend alors une voix dont l'accent lui est familier :

— Salut. Tu es espagnole, hein ?

Elle se retourne et voit un garçon aux cheveux souples, dont le visage pétille d'ironie. Un duvet assombrit sa lèvre supérieure et lui confère un air d'extrême jeunesse, et toute sa personne brille de vivacité. Ses phrases sont saupoudrées de tournures châtiées, de parodies de jurons qui la font rire, et entraînent dans une conversation éloignée du registre intellectuel des personnes présentes. Il est musicien, de passage au Chili avec son orchestre pour une série de concerts dans tout le pays. Ils parlent de Franco, de Joan Manuel Serrat, du gouvernement socialiste, abordent des sujets sur lesquels ils dissertent avec enthousiasme et sans fausse note. Pourtant, Morgana a l'impression de ne plus exister par elle-même, comme si tout son être était blotti au fond de Diego.

Leurs verres sont vides et le jeune homme propose de les remplir. Pendant qu'il se dirige vers la salle à manger, de nouveau elle cherche Diego et s'aperçoit qu'il la regarde fixement. Elle espère trouver sur son visage une carte qui lui indique la route à suivre, mais ne voit que son expression indéchiffrable. Quand le musicien revient, Morgana prend son verre et le boit d'un trait. Elle sent la chaleur du liquide descendre dans sa gorge. Le garçon l'a prise par la taille et chuchote à son oreille. Au milieu de leurs rires, il laisse ses lèvres errer sur son cou. Un geste furtif qui aiguillonne ses sens. Elle pourrait sans résistance aller jusqu'au bout, excitée par le regard de Diego qu'elle devine braqué sur elle, sur eux, un regard brûlant de désir en voyant son contact avec le jeune homme, et justement, parce qu'elle le sait et qu'elle ne veut pas le décevoir, elle se laisse entraîner – escortée de sourires et de caresses – sur la terrasse. La nuit estivale est fraîche et étincelante. Là, contre la balustrade, tournant le dos au parc plongé dans l'ombre, le garçon l'embrasse. Le souffle court, il introduit une main dans le décolleté et presse doucement un sein. Elle aussi l'embrasse, le touche, love son corps contre lui. Comme engourdie, elle ferme les yeux, prise d'un léger vertige qui l'éloigne encore plus de la réalité. Aussi a-t-elle l'impression, en entendant la voix de Diego, que ses mots remontent du puits de son imagination.

— On s'en va, a-t-il dit.

Elle se détache du garçon et en se retournant croise le regard de Diego incrusté en elle. Elle reconnaît dans ses yeux cette nuance de chute, ce flou qui les enveloppe quand s'éveille l'avidité qu'il a d'elle. Elle rajuste sa robe d'un geste vif et maladroit. Elle se sent perdue, comme si une force surnaturelle l'avait dépouillée de sa peau, comme si, n'ayant nulle part où se cacher, elle affrontait les flèches douloureuses du soleil. Diego secoue la tête et aspire une bouffée de sa cigarette, et elle croit être en présence d'un scientifique qui, avec une ironie froide et hermétique, évalue les résultats d'une expérimentation qu'il a étudiée pendant des mois dans la solitude de son laboratoire.

Sur le chemin du retour, Diego conduit en silence. Au loin, on entend le hululement d'une sirène. Un son pressant qui s'incruste dans sa poitrine. Tandis que Sophie commente avec enthousiasme les grands et petits moments de la soirée, Morgana essaie de capter le regard de Diego dans le rétroviseur. Elle a besoin de la profondeur tranquille de ses yeux, dans lesquels elle aime plonger. Mais elle y trouve l'expression froide et résolue de celui qui conduit en exil une personne qui n'est plus la bienvenue dans le royaume. Diego allume la radio et les premiers accords d'une chanson emportent les paroles de Sophie, le chaleureux goutte-à-goutte de sa voix dans lequel elle tentait de se réfugier.

La colère monte. Elle se rappelle les longues nuits de questions de Diego, son angoisse, à la fois importune et exacerbée. Elle se rappelle la faim qu'elle éveille en lui, dit-il, dans son être, pas seulement celle de son corps, mais aussi de toutes les expériences inconnues qu'il lui offre, de l'ampleur illimitée de la vie. N'est-ce pas lui qui a souhaité la voir dans les bras d'un autre homme ?

La colère se mue en peur. Elle s'est éloignée du monde pour l'aimer. Rien de ce qui jusqu'alors donnait un sens à sa vie n'a plus d'importance aujourd'hui. À la seule idée de le perdre, elle se fige. Elle sait que sans l'amour de Diego, elle finira par disparaître.

II

DEUX ANS AUPARAVANT

LA SOLITUDE DES CORPS

Au bord de la piscine, Sophie regarde Morgana et se dit qu'elle aimerait la dessiner, faire une esquisse de son corps surgissant en divers endroits de la feuille, et dessiner le balancement de l'eau à l'encre noire parsemé de quelques gouttes de bleu. Mais le véritable défi serait d'exprimer son exubérance, l'élasticité de ses mouvements, la puissante énergie qui émane de son être, éclatant, indomptable.

Morgana plonge, ses fesses nues affleurent. L'air est chaud et délicieux, insolite pour un été à Santiago où les nuits sont généralement fraîches.

— Tu vas passer la nuit au bord ? Allons, viens, l'eau est bonne ! crie-t-elle à Sophie.

Elles étaient passées par un trou dans le grillage. C'est Morgana qui l'a entraînée à la piscine du Stade français, et Sophie ne regrette pas de l'avoir suivie. Elle enlève sa jupe et, d'un geste, sa blouse bleue. La culotte blanche, accrochée à ses hanches étroites, brille dans l'obscurité comme la tête d'un ours polaire, ainsi que le bracelet multicolore qu'elle porte toujours à la main gauche. Elle en a des dizaines, qu'elle décore de taches, de motifs et d'arabesques. Il lui donne un air de gitane qui contraste avec son image fine et exempte de courbes : on dirait un gamin.

Elle enlève sa culotte vivement et la cache sous ses vêtements. Pendant ce temps, Morgana plonge encore une fois. Ses cheveux noirs et frisés ondoient comme les plantes au fond de l'océan.

Sophie ferme les yeux, se pince le nez et saute à la verticale. Elle imagine que son corps s'écrase au fond de la piscine. Elle a beau avoir dix-huit ans, et ne pas dédaigner la vie, elle pense parfois que la mort est aussi vaste.

Elle voit Morgana s'approcher à grandes brasses et elle plonge, attrape Sophie par un pied et l'attire vers elle. Sophie se débat et parvient à se libérer. Sans laisser à Morgana le temps de réagir, elle lui met la tête sous l'eau.

Maintenant, elles nagent sur le dos.

Il y a huit mois que Sophie est venue vivre avec son père au Chili. Quelques semaines après son arrivée, Morgana a sonné à sa porte et lui a demandé si elle pouvait entrer. Elles s'étaient croisées dans l'ascenseur de l'immeuble, et s'étaient toujours saluées avec gaîté et curiosité, mais ne s'étaient encore jamais parlé.

L'eau s'écoule en bribes infinies qui lâchent sur leur peau des décharges infimes. Tout est mouvement : les dos ondoyants, les filaments de lumière que la lune dessine à la surface, les feuilles de bouleau qui au contact de la brise ravivent leur face argentée. En même temps tout se fige peu à peu, atteint la sérénité.

— Anne serait fière de nous si elle pouvait nous voir, dit Morgana.

— L'ennui, c'est qu'elle est à dix mille kilomètres et qu'elle ne nous connaît pas.

— Ça viendra, tu verras, affirme Morgana avec force. Je vais écrire un essai sur sa poésie, si lucide, si parfait, qu'il traversera l'Atlantique, et Anne Sexton, la meilleure poétesse de sa génération, tombera à nos pieds.

— Tu es folle, *mignonne**[1], dit Sophie dans son français traînant, typique des hautes sphères parisiennes. Tiens, trois mots qui commencent par un *a*.

— Azuttendrir, abasourpiger, asfixilitique. Et avec un *m*, crie à son tour Morgana.

En parfaite fille de diplomates, Morgana a vécu dans plusieurs villes du monde, y compris Paris, dans le quartier où Sophie avait vécu avec sa mère depuis son enfance. Elles s'amusent à imaginer qu'elles ont dû se croiser plus d'une fois dans les rues, dans le métro, ou à la boulangerie.

— Mentipouiller, mésaventurer, masturbaiser, enchaîne Sophie.

— Ah, tu en es là ? Tu penses à quelqu'un en particulier ?

Elles nagent vers le bord et s'asseyent sur le ciment. Morgana rassemble ses cheveux et les noue. Le visage ainsi dégagé met à nu son architecture. Sourcils droits et épais, presque joints, séparant ses yeux avides et moqueurs de son front arrondi de fillette.

— Il s'appelle Camilo. Il travaille à la papeterie où j'achète mon matériel de peinture.

Elles s'allongent sur le ciment qui a conservé la chaleur du soir. Là-haut, l'éclat de la lune recouvre le ciel comme un drap.

— Il est comment ? demande Morgana en se tournant vers elle.

1. Les mots en italique suivis d'un astérisque sont en français dans le texte original. *(N.d.T.)*

— Il a un cul à se damner, répond Sophie en imitant la façon de parler de son amie.

La piscine est encore agitée, comme si un géant y avait soufflé son haleine. Sophie ne sait pas pourquoi elle a dit cela, peut-être a-t-elle voulu la rendre jalouse. Mais un coup d'œil sur Morgana lui montre qu'il n'en est rien. Ses yeux brillent de curiosité et de jubilation en voyant qu'elles s'aventurent dans l'univers abstrait – où l'imagination se déchaîne – et divinement charnel qui est le sien.

— Donc, il est beau, conclut Morgana en éclatant de rire.

— Trop, me dirait Diego. Il me conseillerait la prudence.

Elle ment. Camilo n'est pas beau. Il a l'air triste, sauvage, presque agressif, de ceux qui savent déjà que l'infortune peut être impitoyable.

— Diego, Diego, tu te rends compte que tu n'arrêtes pas de prononcer son nom ? Pourquoi ne l'appelles-tu pas papa ? D'ailleurs, quand vais-je faire sa connaissance ?

— Tu devrais passer un soir, parce qu'il travaille toute la journée. Mais dis donc, tu as fini de poser des questions !

Elles éclatent de rire. Sophie se moque de l'insistance de Morgana à tout savoir avant de l'oublier l'instant d'après. Elle a l'impression que dans l'esprit de Morgana chaque minute efface la précédente, afin d'affronter les événements avec la simplicité de l'ignorance.

La brise nocturne commence à répandre sa fraîcheur.

— On devrait se rhabiller, suggère Sophie.

— Oui, une meute d'adolescents pourrait débarquer et nous voir toutes nues.

— L'idée t'enthousiasme ?

— Elle ne me déplaît pas.

— Tu es vraiment folle, dit Sophie en prenant ses petits seins dans ses mains, comme si l'hypothèse de Morgana était soudain devenue réalité.

Morgana a vingt-deux ans, quatre de plus qu'elle. Sophie regarde la luminosité de la nuit, prisonnière des gouttes collées à la peau nue de son amie, et elle imagine que celle-ci doit posséder une bonne dose de force et de culot pour piloter ce corps avec tant de désinvolture.

Après s'être rhabillée, Morgana sort de son sac une petite boîte en métal. Sur le couvercle est dessinée la silhouette d'un ange, les ailes partent des épaules et tombent jusqu'à ses pieds. Elle en sort un papier qu'elle remplit de feuilles hachées de marihuana. Le ciel respire, tout proche. Sophie se dit qu'en tendant le bras, elle parviendrait sans doute à le toucher.

Ce premier soir, quand elle sonna à l'improviste chez Morgana, celle-ci prépara un joint et lui raconta que l'ange était un cadeau du premier garçon avec qui elle avait fait l'amour. Sophie avait déjà fumé avec des amis des Beaux-Arts, mais le mur qui l'avait définitivement séparée du monde était devenu si haut et si étendu qu'elle n'essaya plus jamais. Jusqu'à l'arrivée de Morgana.

— Je l'ai vu l'autre jour entrer dans l'immeuble. Il n'est pas mal ! dit Morgana après avoir aspiré une profonde bouffée.

— Qui ?

— Ton père, Diego.

— Elles disent toutes la même chose.

— Qui c'est, ces "toutes" ?

— Les femmes, *mignonne**, qui veux-tu que ce soit ?

— On dirait que ça te dérange.

— Non, pas du tout. Diego adore les femmes et elles le lui rendent bien. Voilà pourquoi elles sont inoffensives.

Auprès de Morgana, le mur de l'isolement ne s'allonge plus. Morgana danse et fredonne un air d'une voix rauque.

— Bon, on y va ? dit-elle.

— Ah, je ne peux pas !

— Comment cela, que va penser Anne de toi ?

Timidement, Sophie se laisse aller et se déhanche.

— Tu vois bien ! dit Morgana en riant.

Bien sûr que je peux, avec toi je peux tout, avec toi je perçois la nature excitante des choses, songe Sophie en levant les bras et en les balançant au rythme des sons cadencés de Morgana.

ATTENDS-MOI

En entrant dans l'ascenseur, Diego trébuche sur le sac de Morgana, bafouille et relève la tête. Ses cheveux courts dissimulent peut-être une calvitie naissante, ses mouvements sont souples, jeunes, même si la pleine conscience qu'il semble avoir de ceux-ci ne les rend pas du tout convaincants. Le pourtour de ses yeux est rougi et ridé. On dirait que sa fossette au menton et le profond sillon entre ses sourcils aux arêtes saillantes ont été taillés au biseau et qu'on a oublié de les polir.

— Cet ascenseur est de plus en plus lent, il y a dix minutes que je l'attends, dit-il.

— Quand j'en ai assez d'attendre, je descends à pied, réplique Morgana.

— Vraiment ? Les douze étages ?

— Moi, j'en ai quatorze.

Il s'adosse à la paroi du fond et la regarde à nouveau.

— Tu as raison, ça me ferait du bien.

Il la toise, comme s'il la soupesait, pendant que dans ses yeux semblent se succéder des images lointaines, donnant l'impression que sa conscience fonctionne sur plusieurs niveaux à la fois.

— Tu es Morgana, l'amie de Sophie, dit-il.

— Comment le sais-tu ?

— Parce qu'elle t'a assez bien décrite. Et à ton accent espagnol, bien sûr.

Elle aime cette idée d'avoir partagé quelques instants de leur intimité.

— Sophie aussi m'a parlé de toi.

— Sans doute de pures merveilles, dit Diego avec un sourire.

Morgana ne répond pas et passe son sac à l'épaule. Diego suit le mouvement de son bras qu'elle soulève pour bien le caler.

— Pour Sophie, c'est une bonne chose de t'avoir rencontrée. Je suis vraiment ravi que tu sois par ici, Morgana.

Encore une fois, il a prononcé son nom, et elle croit distinguer une sorte d'enthousiasme dans son regard. Au huitième étage, la présentatrice d'une chaîne de télévision fait résonner ses talons en entrant dans l'ascenseur, embrasse Diego sur la joue et se met à lui parler, aux oreilles de Morgana ses mots ont la couleur du verre cassé, des feux d'artifice, de l'anxiété. Elle agite les mains, bat des cils et sort lentement la langue entre ses lèvres.

— Qu'as-tu pensé du discours du président ? demande Diego.

La présentatrice lance un regard fugace du côté de Morgana et répond sans cesser de cligner les paupières :

— Il était sans doute un peu trop bousculé pour tout faire d'un coup. La nationalisation des banques, des entreprises, l'accélération de la réforme agraire. Tu ne crois pas que ça risque de tourner mal ?

— Ça se fait rationnellement. Je t'assure. Si tu voyais les indices de pauvreté, tu ne serais pas de cet avis. Ils sont effrayants. Je te les passe quand tu veux.

Les portes s'ouvrent, Diego salue d'un geste et hausse le sourcil droit en étalant un sourire qui cherche à séduire.

Dès son plus jeune âge, Morgana a pris conscience de l'énergie qui émane de son corps. Un tissu invisible qui capte l'intérêt des hommes. À l'origine, face aux regards voraces qui glissaient sur sa peau, elle avait la sensation d'être envahie par une colonie d'insectes, et un jour une bouffée de chaleur l'a assaillie à la base de sa colonne vertébrale ; une vague qui enflait, zigzaguait et la chatouillait. Elle surgissait sans prévenir, quand dans l'automobile de son père elle sentait le frôlement rythmé de la banquette en cuir, ou bien quand elle fermait les yeux et se concentrait sur la naissance de sa colonne vertébrale. Au début, aucun mot ne rattachait cette brûlure à l'intérêt dont elle était l'objet. Elle la traquait, creusait en solitaire, apprenait à la convoquer et à la contrôler, bien avant de l'associer à l'image d'un homme.

*

Aujourd'hui, le patron de la librairie où elle va travailler tous les matins lui a demandé de venir plus tôt. Elle attend l'ascenseur et l'entend grogner, craquer, ses câbles se déroulent, emportant ce rectangle de lumière blanche où ses délires de la veille sont restés intacts. Et elle pense avec satisfaction à l'essai sur Anne Sexton et Sylvia Plath qu'elle a sous son bras. Elle a beaucoup aimé l'écrire, mais elle a du mal à communiquer sa passion pour la poésie aux amphithéâtres de l'université. "La lune n'est pas la porte. C'est un visage de plein droit", se dit-elle, c'est pourquoi elle se refuse à disséquer Sylvia Plath comme un animal de laboratoire. Parfois, en écoutant ses professeurs, elle a l'impression d'être dans une boucherie. Tout ce qui rend le mot vivant, son atmosphère, son mystère, l'écho qu'il a laissé dans l'oreille, est tronçonné, classé et aseptiquement rangé dans un réfrigérateur. Si elle ne renonce pas, c'est uniquement parce qu'elle ne veut pas capituler devant l'Académie. Elle est décidée à réussir et à obtenir les meilleures notes possibles.

Le réceptacle métallique descend, mais ne s'arrête pas au douzième étage. Déception. Elle espérait retrouver Diego. Qui étendrait sur elle ce voile délicat de regards et de mouvements – loin de la séduction grossière de la présentatrice – qui aurait, elle en est persuadée, exacerbé son désir. Elle a calculé chaque détail de sa toilette. Un mélange parfait de volupté et d'innocence. Mais dans la solitude de l'ascenseur, elle se sent soudain ridicule, s'accroche à son sac qu'elle plaque contre son léger pull moulant qui souligne la forme de ses seins. Elle voudrait aussi cacher sa jupe aux couleurs pâles et aux volants d'aspect enfantin qui laissent ses jambes à nu.

Au rez-de-chaussée, elle s'étonne d'apercevoir Diego, tournant le dos à l'ascenseur, debout sur les marches de l'entrée. Derrière lui, en toile de fond, l'avenue superbe et impeccable qu'elle aperçoit de sa fenêtre du quatorzième étage dégénère en voie indigne peuplée d'autobus fumants et de voitures qui grincent dans le matin ensoleillé de mars. Diego l'aborde en souriant. Sa figure allongée et sa veste un peu froissée, en lin couleur crème, lui rappellent ces aventuriers qui partent à la conquête de terres lointaines. Son corps se déplace avec la secrète autorité, à la fois détendue et ferme, d'un fauve qui à tout instant peut passer de l'inertie à l'embuscade.

— Quel heureux hasard de te voir, je voulais justement te parler, dit Diego.

Un baiser sur la joue. Ce n'est pas le contact anodin des visages qui la perturbe, mais le frôlement de ses mains. Morgana a une perception lente de cet homme, qui bouleverse ses sens.

— Sophie n'est pas en forme. Elle n'est pas sortie depuis deux jours. J'ai une réunion et je rentrerai tard. J'aimerais qu'elle ne reste pas seule. Tu pourrais passer à la maison dans l'après-midi ?

— Bien sûr, pas de problème.

— Je serais ravi qu'un soir tu viennes dîner avec nous. Ce sera l'occasion de se connaître un peu mieux.

Morgana rattache ses cheveux sur sa nuque. Elle remarque que le regard de Diego s'attarde sur ses seins. Un réflexe qu'elle connaît bien et qui n'a pas beaucoup d'interprétations possibles.

DISPARAÎTRE

Sophie l'a invitée à dîner. Pendant qu'une pluie d'automne précoce fouette les carreaux de sa fenêtre, Morgana recopie le poème qu'elle apportera en cadeau à son amie.

Je m'en vais, m'en vais, m'en vais, mais je reste
mais je m'en vais, désert et sans sable :
adieu, amour, adieu, jusqu'à la mort.

Depuis son enfance elle va de pays en pays, et ce poème exprime bien cette impression qu'une part d'elle-même est restée dans les lieux et les personnes qu'elle a quittés. Mais ce qui la bouleverse, c'est l'idée qu'en chemin elle finisse par disparaître. Voilà pourquoi elle cherche des poèmes que Sophie intégrera dans ses dessins.

C'est Diego qui ouvre. Il porte un pantalon de velours noir et une chemise bleue, qui lui donnent un air plutôt détendu. Sous l'éclairage de l'entrée, elle distingue les rides sur les joues, les lignes qui s'entrecroisent sous les paupières inférieures, les tempes grises.

Cette fois, l'appartement, qu'elle a toujours vu en désordre, envahi par les esquisses et les peintures de Sophie, est rangé, et l'éclat de deux grosses chandelles crée une chaude intimité. Une femme à la chevelure épaisse fume en regardant par la fenêtre la nuit noyée de pluie. Sans doute la dernière conquête de Diego dont Sophie lui a parlé, se dit Morgana. Elle remarque sa maigreur et ses vêtements plutôt masculins. Une apparence androgyne, à peine contredite par les frisettes et la chaînette en or qui pend à son poignet. La femme se retourne et lui adresse un sourire qui, dirait-on, vient de se déposer sur son visage.

— Bonsoir, je m'appelle Paula.

Sa voix est épaisse et ferme.

— Excusez-moi, Paula, Morgana. Morgana, Paula, intervient Diego en levant les bras pour manifester un repentir futile.

Les épaules cambrées de Diego, perchées sur la minceur de son corps, proclament qu'il n'a rien à cacher, qu'il est ravi de son apparence et de sa personne. Un instant, Morgana l'imagine nu et pense qu'il est le genre d'hommes à assumer sa nudité avec une confiance absolue.

À table, Diego interroge Morgana sur sa vie. Il manifeste un intérêt sincère, même pour les détails les plus insignifiants. Mais surtout, Diego ne la quitte pas des yeux, il ne cesse de l'observer, comme s'il mesurait la lueur euphorique qui scintille au fond de ses yeux.

Un éclair illumine les fenêtres. Si intense qu'il semble avoir éclaté à quelques mètres de là. Pendant quelques secondes, la violence de la lumière dévore les couleurs de la pièce. Au loin, la ville papillote entre lumière et obscurité.

— À Paris, nous vivions à quelques rues l'une de l'autre, tu ne trouves pas ça incroyable, Diego ? demande Sophie.

— Nous aurions pu être amies dès cette époque.

— Tu ne m'aurais même pas remarquée, j'étais malade, dit Sophie.

Un silence chargé de matière obscure s'instaure, que la conversation empressée de Diego a tôt fait de dissiper. Le téléphone sonne dans le couloir et Sophie va répondre. Morgana remarque que Diego, tendu, la suit du regard. Quelques secondes plus tard, Sophie revient.

— Comme d'habitude ? demande-t-il.

— Oui.

— Combien de fois ont-ils appelé aujourd'hui ?

— C'est la troisième.

— Que se passe-t-il ? demande Paula.

— Ce n'est rien. Quand on décroche, quelqu'un raccroche à l'autre bout du fil.

— Ça dure depuis longtemps ? demande Paula, alarmée.

— À peu près trois semaines, n'est-ce pas, Diego ? répond Sophie.

— Tu vois le genre, des oisifs qui n'ont rien de mieux à faire, tranche celui-ci en lançant à Paula un regard acéré qui dit clairement qu'il ne veut pas qu'on aborde le sujet.

À l'heure du café, Sophie souligne l'intérêt que partagent Diego et Morgana pour la poésie de Miguel Hernández. On évoque les lettres qu'il écrivait en captivité à sa femme Josefina, et de sa peur de ne plus jamais retourner dans ses bras. De temps en temps, Diego glisse un de ses poèmes dans la conversation, et une légère rougeur l'envahit, comme s'il avait honte d'égratigner ses mots.

— Il pressentait sa mort, dit Paula.

Diego la regarde. Son regard est lourd de sens.

— Et toi, Diego, de quoi as-tu peur ? lui lance-t-elle.

Diego garde le silence et c'est Sophie qui répond.

— De disparaître, dit-elle en riant. De ne pas laisser de traces, d'être oublié de tous, d'être un jour enlevé par les extraterrestres.

Morgana frissonne. Elle se rappelle le poème qu'elle a apporté à Sophie. Elle scrute Diego et remarque des taches dorées sur son iris, qui donnent à ses yeux une couleur ambrée. Ce qui ne les empêche pas d'exprimer une secrète froideur.

— Moi aussi, renchérit-elle.

Elle redresse le menton et ses jeunes seins.

Diego se tourne vers elle et sourit. Morgana note que ce sourire ne ressemble pas à ceux qu'elle a vus jusqu'à présent. Ce qui le rend spécial, c'est que cet air de supériorité satisfaite et arrogante, loin de vous repousser, invite à l'intimité. Elle va l'ajouter à la liste de sourires qu'elle garde en mémoire.

— Disparaître, disparaître, disparaître, répète Sophie dans un murmure. – Soulignés par le halo d'une lampe, les filets de pluie prennent une couleur dorée à la fenêtre. – Il n'en est pas question ! précise-t-elle. Son regard est puissant, en dépit du sourire timide qui souligne sa fragilité. Cela n'arrivera jamais, je vous le promets. Vous pouvez me faire confiance.

— Je suis sûr que tu sauras y veiller, ma chérie.

— Moi aussi, ajoute Morgana.

LA RUE DU DRAGON

Disparaîtredissiperséclipser rétrécirinvisibiliser. Autour des mots, Sophie laisse tomber des gouttes de peinture verte, des taches qui donnent à l'éphémère une forme précise et cachée, comme les haïkus. Les bruits mécaniques de l'ascenseur s'espacent à mesure que la soirée avance. Elle voudrait entendre la clé de Diego dans la serrure.

Elle se rappelle que lorsqu'elle était enfant, à Paris, Diego arrivait souvent à l'improviste. Il prenait une chambre à l'hôtel et lui téléphonait le lendemain : "Sophie, ma petite, je suis arrivé." Il lui parlait avec naturel, oubliant que leur dernière rencontre remontait à six, huit ou dix mois. Quand ses passages coïncidaient avec les vacances, ils partaient sur la Côte d'Azur dans sa Renault, ou bien ils allaient voir ses amis à La Corogne. Mais ce qu'elle préférait, c'était qu'il l'invite dans un de ces pays lointains où il donnait justement une de ses innombrables conférences.

Il est deux heures et quart, et elle sent qu'elle va encore avoir du mal à trouver le sommeil. Au moins, aujourd'hui il n'y a pas eu de coup de fil anonyme. Monique, sa mère, avait pris l'habitude de lui tenir compagnie jusqu'à ce qu'elle s'endorme. Dans son petit appartement de la rue du Dragon, les réverbères et les cris des fêtards traversaient les fenêtres jusqu'au petit matin. Quand sa mère la croyait endormie, elle parlait toute seule, résolvait des problèmes liés à son travail, imaginait les questions qu'elle poserait à un invité du journal où elle travaillait, mais surtout elle maudissait Diego. Elle l'avait quitté en raison de ses infidélités successives et dans ses nuits blanches elle pensait presque toujours à lui avec rage. Ils s'étaient rencontrés au Chili. Elle était étudiante en journalisme et avait décidé de prendre une année sabbatique pour découvrir l'Amérique latine. Le Chili était la fin de son périple. Elle le rencontra lors d'une assemblée générale d'étudiants. Monique avait apprécié sa façon décidée et convaincante d'affronter la bataille des idées, sa façon directe de la regarder et de lui exprimer, quelques jours plus tard, l'attirance qu'il éprouvait pour elle. Ils ne tardèrent pas à vivre ensemble et Sophie vint au monde. Quand se manifestèrent les premiers signes de la révolte de 68, ils décidèrent d'émigrer à Paris. C'est là que se manifestèrent les angoisses de Diego, une détresse tapie sous son épiderme comme une colonie de microbes, une insatisfaction qu'il essaya de combler en quêtant la chaleur d'autres corps.

Quand Allende fut élu président, Diego lui adressa une lettre où il lui développait ses idées. À l'époque, il vivait entre Paris et Madrid. Ils s'étaient connus quelques années auparavant, quand Diego était encore un jeune homme imberbe, et à chaque rencontre ils professaient tous les deux beaucoup de respect à l'égard des idées de l'autre. Diego avait été proche de Dubček lors du printemps de Prague, soutenant son ambition de créer "un socialisme à visage humain". Il avait aussi été le témoin de l'invasion russe, des troupes du pacte de Varsovie et des tanks menaçant des étudiants désarmés. Le président trouvait intéressants sa position critique, ses études à Sciences Po, son expérience et son enthousiasme, panachés d'une bonne dose de scepticisme. "Venez", lui répondit-il par retour du courrier.

Deux mois après son installation, il appela Sophie à Paris : "Ma chérie, tu veux vivre avec moi au Chili ?" Sa mère ne voulait pas la laisser partir, sous prétexte que son père était incapable de lui offrir la stabilité dont elle avait besoin. Mais ses arguments ne servirent à rien. Sophie était décidée à être une grande personne, à prouver au monde et à elle-même que son passé était loin. Cependant, en arrivant dans le pays de son père – où elle n'avait jamais vécu – Sophie découvrit qu'un lieu n'existe que si vous y trouvez des traces identifiables, des marques qui vous appartiennent et vous rapprochent des gens. La ville où Diego l'avait attirée était impénétrable. Son sentiment d'exil était si fort que lorsque les bus approchaient, souvent elle courait se réfugier à l'autre bout du trottoir. Le macadam vibrait sous ses pieds, le vacarme des moteurs lui crevait les oreilles et ses longues jupes flottaient pendant quelques secondes entre la lumière et la mort. Jusqu'au jour où Morgana apparut.

Sans réfléchir, elle compose son numéro de téléphone et entend la voix pâteuse de Morgana à l'autre bout du fil :

— Qui est à l'appareil ?

— C'est moi, Sophie.

— Tu as un problème ?

— Non.

— Tu es chez toi ?

— Oui.

— D'accord, je descends, dit-elle sans hésiter.

Morgana arrive quelques minutes plus tard. Sa chemise de nuit bleu ciel lui arrive aux genoux. On voit ses longs orteils, au bout de ses pieds nus et bronzés.

— Tu ne peux pas dormir ?

Sophie hoche la tête sans la regarder.

— Diego est chez Paula ?

— Chez Paula, chez Cristina, chez Andrea ou chez Mme Nana, je ne sais pas.

Elles éclatent de rire.

— Eh bien nous allons dormir. Ne me regarde pas comme ça, ma petite. Demain, je dois me lever très tôt pour réviser, avant d'aller travailler.

Elles se couchent et Sophie se retourne contre le mur. Morgana la serre dans ses bras et emmêle ses pieds froids dans les siens. Les seins tièdes de son amie respirent contre son dos. Son étreinte la recouvre comme une vague.

CE QUI N'AURAIT JAMAIS DÛ ARRIVER

En apprenant que Morgana était née dans une île de l'Espagne, Diego leur avait proposé de passer un week-end à la plage. Il leur annonçait cela depuis des semaines, mais surgissait toujours un imprévu. Maintenant, il lit, allongé sur le sable à côté d'elles. À intervalles réguliers, Morgana l'observe, mais, plongé dans sa lecture, il ne semble pas remarquer ce qui se passe autour de lui. Sophie peint, sa planche sur les genoux.

C'est un après-midi tempéré d'hiver ; les vagues se précipitent vers la rive, déferlent, se décomposent en toute innocence, tandis qu'au loin l'océan rugit. C'est à la mer que Morgana a fait ses premières brasses, qu'elle a découvert la légèreté de son corps, les délicieux picotements qui parcouraient sa peau au contact de l'eau.

— Ça vous dit, de marcher un peu ? demande Diego.

Elles le regardent et éclatent de rire toutes les deux. Diego s'est tellement retourné que ses cheveux courts sont raides de sable, comme ceux d'un vagabond ou d'un fou au bord d'une crise.

— D'abord, il faut que tu t'occupes de ta tête, plaisante Sophie.

Diego se lève et secoue ses cheveux.

— Je préfère rester, dit Sophie en reprenant sa peinture.

Morgana est songeuse, elle semble peser le pour et le contre.

— Je t'accompagne, dit-elle finalement.

Ils marchent en silence jusqu'au promontoire qui domine les dunes. Morgana est en tête, les yeux fixés sur le sol pour ne pas trébucher. Elle a du mal à respirer. Elle imagine les yeux de Diego derrière elle, fixés sur ses hanches, ses jambes, ses épaules qu'elle balance d'un côté et de l'autre. Elle se retourne soudain, s'attendant à croiser son regard, mais il observe avec attention un coquillage qu'il tient entre ses doigts. Elle s'arrête, honteuse. Au loin, les habitants du village allument leur cuisinière à bois. Des fumées grisâtres s'élèvent au-dessus des toits irréguliers. Le ciel frémit. Diego la rejoint :

— Tu savais que c'est sur une plage de ce genre que Darwin s'est livré à une grande partie de ses observations pour élaborer sa théorie sur l'origine des espèces ?

Morgana secoue la tête. Diego la prend par la taille pour l'inciter à repartir. C'est un contact aussi péremptoire que fugace, qui laisse sur la peau l'empreinte de ses doigts. Ils marchent maintenant côte à côte, Diego montre toutes sortes de plantes, de plus en plus complexes à mesure qu'ils s'éloignent du rivage. Mais elle ne l'écoute plus, tout ce qu'elle voudrait, c'est qu'il l'embrasse. Des rafales glissent sur leurs corps. Morgana se tourne encore vers lui, mais ses longs cheveux frisés balaient son visage et l'empêchent de le voir.

En haut du monticule, ils aperçoivent Sophie au loin. Les couleurs de sa jupe brillent sur la plage.

— Morgana… dit Diego, et il se tait – elle attend la suite. Tu le sais, je te l'ai déjà dit, mais ce n'est jamais inutile de le répéter. Pour nous, c'est une très bonne chose de savoir que tu es là.

— Pour tous les deux ?

— Bien sûr, pour tous les deux.

— Oui, tu dois être rassuré, quand tu t'absentes une nuit, de savoir que Sophie n'est plus seule.

Elle ne cherche pas à lui faire des reproches, elle a la ferme intention de l'amener dans un lieu où ils ne sont pas encore allés.

— Tu parles comme si je t'avais prise comme chaperon de ma fille, observe-t-il sur un ton moqueur.

— Ça y ressemble, non ? – Diego la regarde et secoue la tête. – Parce que tu me plais beaucoup, tu le savais ?

Comment a-t-elle pu lui dire une chose pareille ? Soudain, elle n'est plus elle-même, mais un personnage de son imagination. Elle se sent légère, elle sourit intérieurement. Ses muscles et sa conscience capitulent avec ivresse.

— Je ne t'ai jamais considérée comme la gardienne de Sophie. J'aime vous voir ensemble, tu lui inspires un optimisme qu'elle n'a jamais eu.

Elle devine la tension de Diego, qui se met sur ses gardes. Mais son sourire persistant exprime l'audace, l'inconscience. Même si Diego la repousse, elle aura toujours la suprématie de la jeunesse, qui la sauve et la protège.

— Je n'ai sans doute pas été assez claire. Tu ne m'as pas entendue, ou bien tu ne veux pas m'entendre. Tu me plais vraiment, dit-elle en le regardant fixement.

Diego lui tapote l'épaule, comme on fait avec les enfants qui ont dit une énormité plutôt amusante, et prend un ton grave :

— Ne dis pas cela.

— J'ai vingt-deux ans. Je ne suis plus une gamine.

— Moi, j'en ai quarante-cinq.

— Je ne te plais pas, c'est ça ? lance-t-elle d'un air de défi.

Un filet de sueur coule dans le cou musclé de Diego. Une odeur d'iode s'approche et recule, au gré du mouvement des vagues de l'océan Pacifique. Il se frotte le visage et répond au bout de quelques secondes :

— Bien sûr que si. Tu es une personne charmante. Et Sophie t'aime beaucoup.

— Une personne ou une femme ? demande-t-elle, agressive et magnifique – elle laisse passer quelques secondes, et reprend : Quel rapport entre Sophie et ce que je viens de dire ?

L'arc du soleil disparaît derrière la ligne d'horizon. Un vent frais jaillit, comme s'il attendait son heure, tapi au fond de la mer.

— Une personne et une femme. Diego hésite et ajoute : Nous devrions rentrer, Sophie va prendre froid.

— Et si on allait jusqu'au sous-bois ? suggère Morgana, qui se met en route sans attendre sa réponse.

Sur la rive, les toits égrènent leurs fumées lentes et blanchâtres. Elles s'élèvent, dessinent des motifs et se dissolvent dans les lambeaux du ciel.

Si Diego refuse de lui emboîter le pas, elle ira jusqu'en haut et le regardera avec dédain. Elle remonte sa jupe colorée et continue son ascension sans se retourner ni rompre cette aura de danse qui, elle le sait, émane de son corps. Arrivée au bosquet, elle s'assied sur un rocher. La mer s'étale à ses pieds. Diego, résigné, l'a suivie. Elle entend sa respiration hachée par l'effort. Elle s'est souvent dit qu'au fil des années le corps et l'âme fatiguent et se cantonnent alors dans des lieux qui leur sont familiers afin de ne pas s'égarer, de ne pas gaspiller leur énergie en vaines tentatives. Elle commence à connaître le comportement de Diego, des routes définies depuis belle lurette, qu'il se contente de reproduire. Elle épie son langage, la construction de ses phrases, leur redondance, sa façon d'aborder les conflits : en serrant les dents, en restant calme tout en allant de l'avant. Ses conquêtes aussi semblaient suivre un itinéraire précis. Sophie lui en a parlé. Elles en rient toutes les deux, elles rient de voir à quel point il est prévisible. Cependant, il y a un espace que ni leurs rires ni leurs regards n'atteignent, ce menton dans la poitrine qui marche avec résolution, cet esprit qui pendant une seconde part à la dérive et déclenche des idées et des impulsions interdites. Elle en a pris conscience quand elle a senti que ses doigts auraient aimé s'attarder autour de sa taille, et qu'il les avait retirés dans un sursaut de volonté.

Diego s'assied à côté d'elle, ramasse une branche et l'effeuille. Entre le bas de son pantalon et ses espadrilles on voit les poils noirs en bataille de ses jambes. Il est silencieux, concentré sur son activité.

— À vingt-deux ans, tu as l'air d'en savoir plus long que moi sur certaines choses, dit-il sans la regarder.

— Quel genre ?

— Par exemple, pour obtenir ce que tu veux, dit-il avec calme et fermeté, et il casse en deux la branche qu'il vient de dénuder.

Ils entendent les cris stridents des mouettes, au loin. Grisâtre, la mer gronde quand les vagues enflent et se brisent sur les rochers.

— Tu ne te débrouilles pas trop mal non plus, dit Morgana en riant. Elle étend ses jambes qu'elle sait fermes et satinées, comme la peau d'une pouliche. Et Paula ? demande-t-elle soudain.

— Elle a commencé sa chimio, murmure-t-il. Je voulais passer la voir, mais elle n'aime pas qu'on la voie malade et affaiblie. Elle a perdu tous ses cheveux.

— C'est la première fois que j'entends parler de sa maladie. Sophie ne m'en a jamais parlé, murmure-t-elle, désolée.

— Par respect pour Paula, sans doute.

— Allons donc, as-tu vraiment insisté ? Ou alors tu crèves de trouille de la voir dans cet état ?

— Tu es bien insolente ! Tu devrais mesurer tes paroles, lui reproche-t-il, les lèvres pincées et le regard sévère.

— D'accord, excuse-moi.

Diego regarde l'océan sans répondre. Le triangle blanc d'un voilier se découpe sur la surface terne du ciel.

— Excuse-moi, vraiment, insiste Morgana en posant la main sur la cuisse de Diego. Franchement, je ne voulais pas être aussi brutale. Je cherchais juste à te provoquer.

Elle ne sait pourquoi elle a dit cela. Il sourit. Elle ne retire pas sa main, inerte sur sa jambe, et Diego ne fait rien pour l'écarter. Elle a très envie de l'embrasser.

— Toute petite, j'aimais regarder les voiliers qui arrivaient en été de tous les coins du monde dans la baie, dit-elle en montrant le bateau à voile qui s'attarde à l'horizon.

Elle se tourne vers lui, vers ses yeux ambrés qui la fixent. Elle y lit de l'ardeur et de la retenue.

— J'ai fait des recherches. L'île où tu es née est très belle, et elle a une histoire assez spéciale.

Qu'il ait prélevé des instants à ses multiples activités pour penser à elle, voilà qui lui redonne de l'assurance. Assez de chemins de traverse, elle veut l'embrasser et elle l'embrasse. Au début, elle sent son désarroi, la raideur de ses muscles, une résistance qui ne mérite pas qu'on s'y arrête. Enfin, il pose la main sur son visage, les langues se cherchent, s'enlacent, parcourent la surface chaude et striée où l'autre habite.

Quand ils se séparent, elle a un rire malicieux. Appuyé sur le coude, Diego la regarde. Morgana distingue la nuance turbulente du désir qui voile ses pupilles et exacerbe ce reflet dément qu'elle vient d'y lire. Des yeux qui ne fixent aucun point en particulier, et tous en même temps, qui ont l'ambition d'aller partout. Diego enlève son pull, l'étale sur la surface dure et pierreuse, et Morgana s'y étend. Chacun de ses mouvements soulève de petits nuages de poussière dans l'air clair et frais. Elle étire les bras en arrière. Il saisit ses mains, l'emprisonne, lui interdisant le moindre mouvement. Elle ne résiste pas, ses muscles cèdent et d'autres, plus enfouis, se mobilisent. Ils s'embrassent encore. Elle sent son menton râpeux. Ses mains remontent avidement sous sa jupe, parcourent ses cuisses fermes de nageuse. Elle libère une main et presse son érection à travers le tissu, la comprime. Elle l'entend gémir. Il ferme les yeux. Sa langue se cabre dans sa bouche entrouverte, comme s'il cherchait encore le contact de la sienne. Une étreinte les unit. Ils respirent dans l'oreille de l'autre. Elle lui embrasse le cou, se perd dans le creux de son épaule. Sans se détacher, les doigts de Diego cherchent ses intimités, l'air tiède de son nez explose dans ses yeux. Les mouvements de ses doigts sont profonds, rythmés, Morgana émet un gémissement qu'elle étouffe aussitôt, redoutant que sa voix parvienne aux oreilles de Sophie, là-bas, assise sur la plage, sa toile sur les genoux et ses peintures sur le sable.

Soudain, Diego s'écarte, la respiration hachée, les yeux repliés sur eux-mêmes. Morgana ne bouge pas, n'a pas besoin de le toucher pour sentir son corps crispé. Un froid intense la secoue, différent de celui qu'elle vient de ressentir. Celui-ci transperce les tissus et les organes, comme une pointe de glace. Elle ne comprend pas pourquoi il s'est interrompu, pourquoi il n'est pas allé jusqu'au bout, pourquoi il a repoussé le contact de sa peau. Son esprit court en tous sens, en quête d'une raison. Le désarroi et l'humiliation s'imposent à elle avec la force irrésistible de leur simplicité.

Ils sont maintenant allongés sur le dos.

Des mouettes crient dans les hauteurs. Un silence prudent les épie.

— Pour les Japonais, le mot "sensation" est une invention occidentale. Ils détestent son imprécision, déclare Diego quelques instants plus tard.

— Pourquoi dis-tu cela ?

— Je ne sais pas. Sans doute parce que ce que je pense est très loin de l'imprécision des sensations.

Son expression s'est durcie, elle scintille comme la surface de l'eau, là-bas, au loin. Les cris des mouettes ont adopté un ton tragique, comme si elles faisaient leurs adieux au soleil.

— Ce que je pense, poursuit Diego, c'est que j'aurais dû empêcher que cela arrive. Il parle sans la regarder, les yeux perdus dans les hauteurs. Je suis désolé, Morgana.

— C'est vraiment ce que tu crois ?

— Oui.

Morgana se tait. Diego aussi. Il n'y a plus aucun son, on n'entend même plus les oiseaux. La plage semble s'être vidée de toute vie.

— Alors, pourquoi as-tu continué l'ascension ? demande Morgana.

— Je ne sais pas. Franchement, je ne sais pas. Et il ajoute, après une longue pause : Heu, peut-être parce que tu es jolie.

— Alors…

— Ce n'est pas suffisant.

Elle se lève et secoue la tête, les coudes dans ses mains :

— Qu'un homme et une femme se désirent, ce n'est pas suffisant ?

— Il vaudrait mieux rentrer, dit Diego en se levant à son tour.

Morgana se racle la gorge.

— Tu n'as rien à me dire ?

— Regarde, dit-il au bout de quelques secondes en prenant dans la main un coquillage. C'est une espèce très rare. Darwin aurait été fasciné de le trouver.

— Tu ne veux pas me répondre ? répète-t-elle d'une voix brisée.

Elle essaie de ravaler ses larmes, respire un grand coup, ferme les yeux, mais elles ne tardent pas à s'accumuler au coin des paupières. Elle n'éprouve ni tristesse ni rage, rien, mais les larmes coulent sur ses joues comme si elles provenaient d'autres yeux. C'est alors qu'ils entendent la voix de Sophie :

— Diego, Morgana !

— Toi et moi, nous sommes tout ce que Sophie a pour le moment. Il faut rentrer, décrète Diego.

Ils redescendent des dunes sans dire un mot, Morgana quelques mètres en avant, d'un pas incertain. Le vent se lève, le ciel s'ébroue. Sophie les voit et vient à leur rencontre. Elle raconte avec enthousiasme qu'elle a vu un couple de pélicans. Diego serre sa fille contre lui avec émotion, comme s'il revenait d'un long voyage. Ils ramassent leurs affaires pendant que Sophie parle des oiseaux. Diego et Morgana ne se regardent pas, une tension physique leur comprime le corps.

— Mais qu'est-ce qui vous arrive ? s'étonne Sophie.

Diego se passe la main dans les cheveux d'un geste impétueux. Morgana perçoit son mélange de rudesse et de faiblesse. Le froid bouclier de sa volonté de fer a été brisé, et il essaie de le reconstituer.

— C'est qu'il fait soudain très froid. Il vaudrait mieux se dépêcher, dit Diego en repliant sa serviette avant de la fourrer dans son sac.

Sophie les regarde, l'un après l'autre, et laisse retomber ses paupières aux sourcils clairs. Elle prend une cigarette dans son sac, l'allume et lance la fumée vers le ciel.

UN VENT NOIR ET DUR

Nous rentrons à Santiago. Le vent s'est levé. Diego regarde de temps en temps dans le rétroviseur. Les nuages se répandent sur les montagnes arrondies et s'effilochent. Soudain, dans une droite, il accélère à fond et double deux voitures. Les cylindres de sa Fiat 600 rugissent, peu habitués à la vitesse.

— Ils nous suivent ? C'est cela ? demande Sophie d'une voix timide.

Elle a repéré une Peugeot bleue qui ne les a pas quittés d'une semelle, avec plusieurs passagers.

— Oui, répond Diego, laconique.

Quelques kilomètres plus loin, il ralentit. La Peugeot les suit toujours, à peu de distance. Diego n'a pu la semer. Il aborde une série de virages et accélère de nouveau, cette fois sans hésiter. Le vent semble peser de tout son poids pour l'empêcher d'avancer. En quelques minutes, il les a semés. Les nuages noirs, inquiets, se rassemblent en plein ciel. Diego soupire.

— Ce sont eux, les coups de fil ? demande Sophie.

— Je ne sais pas, ma chérie. Mais ils sont loin, maintenant, rassure-toi, dit-il en allumant la radio.

Les accords vieillots d'un fox-trot emplissent le petit habitacle.

Sophie tapote le rythme sur son genou d'une main fébrile. Diego allume une cigarette. Ils arrivent en ville à la nuit tombée. Cette soirée dominicale est ventée et les rues sont désertes. Les arbres s'entrechoquent. Feuilles et déchets mènent une danse sauvage au milieu de la rue. Un feu rouge arrête Diego, qui regarde dans le rétroviseur. La Peugeot bleu ciel est de nouveau à ses trousses. À peine le feu est-il passé au vert qu'il écrase le champignon. Le démarrage soudain plaque les passagers contre le dossier. Sophie s'accroche à la boîte à gants et murmure :

— Ça ne me plaît pas du tout !

Morgana, à l'arrière, pose la main sur son épaule. Au carrefour suivant, Diego tourne brutalement, suivi par la Peugeot. Le fox-trot maintient son rythme endiablé, mais plus personne ne l'écoute. Un oiseau rebondit sur le pare-brise et disparaît. Une petite tache brune reste collée à la vitre. La distance entre les deux automobiles augmente, puis diminue. Soudain, Diego donne un coup de volant et s'arrête le long du trottoir. À une vingtaine de mètres, la Peugeot l'imite. Une odeur de caoutchouc brûlé pénètre par la fenêtre. Diego ouvre la portière et se dirige vers ses poursuivants.

— Non, papa, ne fais pas ça ! crie Sophie. – C'est la première fois, se dit Morgana, qu'elle l'appelle ainsi. – Ils vont te tuer !

Ses paroles résonnent dans le silence soudain. La portière est restée ouverte et le vent s'engouffre, se contorsionne dans le véhicule. Un vent noir et dur. Toutes les deux se retournent et regardent la longue silhouette de Diego glisser dans l'obscurité naissante de la rue. Sophie pleure, presse si fort la main de Morgana qu'elle lui fait mal. Un chien aboie à quelques mètres. On entend une scie au loin. La Peugeot semble inhabitée. Au moment où Diego arrive à sa hauteur, celle-ci démarre sur les chapeaux de roue. Par la fenêtre, Morgana et Sophie voient six têtes sombres, qui au passage braquent sur elles leurs regards froids et oppressants.

— Ils cherchent juste à nous flanquer la frousse, dit Morgana.

— Mais pourquoi ? Qu'avons-nous fait ?

— Ça, je ne sais pas, Sophie.

Un petit avion se hâte d'arriver à destination avant le coucher du soleil et résonne laborieusement au loin.

DOUZE BALLES DANS LA PEAU, I

Assise sur un banc, en face de la papeterie où Camilo travaille, Sophie dessine un S. Elle ne cesse de le reproduire, imaginant que c'est le soliloque d'un serpent ou le bracelet d'une reine du désert. La dernière fois qu'elle est venue acheter du matériel, Camilo a insisté pour qu'elle vienne chez lui écouter le dernier disque de Los Jaivas.

Camilo est le dernier employé à sortir. Il est surpris de la voir et il balbutie quelques mots de bienvenue avec son bégaiement habituel. Jusqu'alors, ils ne s'étaient jamais vus en dehors de la papeterie. Son teint, cendreux sous la fluorescence blafarde du magasin, prend un ton d'acajou à la lumière du jour. Camilo est robuste, jambes courtes et solides, doigts épais et malhabiles qui s'égarent souvent dans ses cheveux, un mouvement réflexe pour dompter les mèches rebelles. Sa gaucherie permet de supposer une croissance brutale qui a laissé ses membres en rade. Devant un marchand de glaces, il lui en propose une. Sophie la choisit à l'ananas, Camilo au lucuma, et ils s'asseyent sur un banc devant la boutique. Camilo lui pose des questions sur son père. Il a entendu dire que c'est un personnage important, “le Jiminy Cricket du président”. Sophie répond que c'est très exagéré. Elle ne veut pas parler de Diego. Pas maintenant.

Quand ils ont fini leur glace, ils repartent sans but précis. La rue est animée et il n'est pas difficile de déjouer les silences, car il y a toujours un endroit où poser les yeux. Si les traits de Camilo semblent exprimer le provisoire, leur expression farouche et volontaire laisse présager de futures convictions.

Sophie avait décidé d'accepter la proposition de Camilo quand, deux soirs plus tôt, elle avait rêvé de Morgana. Dans son rêve, leurs pieds se mêlaient et elle l'entendait gémir. Sans faire un geste, sans se toucher, pour ainsi dire sans respirer, une bouffée de chaleur s'était propagée dans son corps, sous la forme d'ondes amples et indépendantes. La vague s'intensifia, s'embrasa et éclata soudain, longue vibration profonde qui se replia sur elle-même en fréquences plus douces, s'apaisa et disparut. Elle se réveilla en sueur. Le lit était vide. Le souvenir vif de son plaisir solitaire vibrait dans sa mémoire, telle une girouette sur le faîte d'une maison inhabitée : sa propre solitude palpitant sur le côté gauche de sa poitrine.

Elle sent la chaleur de l'épaule de Camilo contre la sienne. En elle, quelque chose cède, s'adoucit. On dirait la variation provoquée par une goutte d'eau sur une couleur. Jusqu'alors, ses sens étaient hébétés. Sans doute parce que l'idée du désir a toujours été associée aux corps musculeux et dégarnis du Tintoret et de Titien, à la bouche entrouverte de l'*Ophélie* de John Everett Millais. Le seul garçon avec qui elle avait fait l'amour, et une fois seulement, était d'origine marocaine, grand, dégingandé, l'air toujours absent.

Ils s'arrêtent devant un kiosque de la place Italia et lisent les gros titres d'un journal : “La réforme bancaire sème la zizanie chez les margoulins." Sophie trouve cela très drôle, mais Camilo repart sans se dérider. Ils prennent le bus. Le crépuscule approche à grandes enjambées, pour mettre un terme à cette journée.

Le soleil a disparu quand ils arrivent chez Camilo, une maison d'angle qui a trois étages et quelques fenêtres cassées. Malgré le temps et l'abandon, elle a gardé l'éclat d'un passé brillant. Ils montent l'escalier en bois, à peine éclairé par une ampoule nue qui oscille à chaque pas. Le sol est jonché de vieux papiers et de détritus. Ils croisent une fille en minijupe, elle a des jambes comme des troncs et descend, pressée, sans les regarder, comme si elle fuyait quelque chose. Ils croisent aussi un type au visage marqué par la petite vérole, que Camilo présente comme son meilleur ami, membre de son ensemble musical.

— On a tué l'ex-ministre de l'Intérieur. Douze balles dans la peau, annonce-t-il sans laisser à Camilo le temps de finir les présentations, et les petits orifices de son visage virent au rouge.

— Oh, putain ! s'exclame Camilo.

— Ce 8 juin passera dans l'histoire de la lutte pour la liberté, dit-il sur un ton solennel, avant d'ajouter : il le méritait, cet enculé de merde.

— Personne ne mérite de recevoir douze balles dans la peau ! coupe Sophie.

— Tu sais qu'il a fait tuer des paysans désarmés ? Tu le savais, ça ? lui lance le type, furibard.

Sophie frissonne. La violence de ce regard lui rappelle ceux qu'elle a entrevus derrière la fenêtre de la Peugeot.

— Laisse-la tranquille, lance Camilo sans bégayer.

Pendant qu'ils discutent, Sophie se dit qu'elle devrait appeler Diego. Il doit s'inquiéter pour elle. Il s'inquiète toujours. Surtout depuis cette course-poursuite. Elle demande à Camilo si elle peut utiliser le téléphone et celui-ci éclate de rire.

— On a du pot d'avoir de la lumière, et encore, parce que ce mec est un expert en branchements pirates. À ton avis, que pense ton père de tout ça ? Je veux dire de l'attentat.

Sophie ne répond pas. L'insistance de Camilo à vouloir amener la conversation sur son père la met mal à l'aise. Une forte odeur de cuisine envahit la cage d'escalier.

Elle sait qu'elle devrait rentrer pour ne pas inquiéter Diego. Mais ce n'est pas ce qu'elle veut. Quoi qu'il en soit, elle a confié à Morgana qu'elle serait avec Camilo, histoire d'attirer son attention. Diego appellera très certainement son amie pour avoir de ses nouvelles.

Ils continuent leur ascension. On entend les cris d'une femme dans un appartement et, les couvrant presque, la voix rauque d'un homme. Après ce qui vient de se passer, une certaine tension s'est installée entre eux. La chambre de Camilo est au dernier étage et ses murs distillent une froide transpiration.

Ils font l'amour sous une affiche de *Yellow Submarine*. Ils entendent un brouhaha, des chocs répétés dans l'escalier. Comme si quelqu'un transportait des meubles ou des objets très lourds, mais le dialogue de leurs corps ne tarde pas à les effacer. Camilo est délicat. Après, Sophie se décolle de lui et se lève, regarde autour d'elle. Contre le mur, une guitare luit dans la pénombre. L'image d'une corbeille pleine de papiers, comme la sienne, atténue la sensation d'irréalité. Elle a froid et se remet au lit.

— Camilo, Camilo, il faut qu'on parle ! vocifère la voix âpre d'un homme derrière la porte.

— Arrête ton boucan, répond-il. Je ne veux voir personne pour le moment.

L'homme insiste, frappe du poing. Sophie disparaît sous les draps, gênée. Elle voudrait rentrer chez elle, mais la seule idée de retourner dans le monde menaçant qui s'agite derrière la porte l'en dissuade. Finalement, l'homme s'éloigne dans le couloir.

Camilo s'endort. À travers les murs épais et lézardés filtre le hurlement lointain d'une sirène. Blottie dans son coin, elle essaie de ne pas le toucher. Soudain, elle entend la sonnerie caractéristique d'un téléphone, et distingue même la voix d'une femme qui répond. Provient-elle du couloir ? Pourquoi Camilo a-t-il dit qu'il n'y avait pas le téléphone ? Pourquoi a-t-il menti ?

Elle a l'impression d'être à l'autre bout du monde, dans un endroit où, si elle perdait la vie à cet instant, ni Diego ni Morgana ne pourraient la retrouver.

DOUZE BALLES DANS LA PEAU, II

La ville réagit comme un animal blessé qui lance des coups de griffe lourds et désespérés. Morgana essaie de dormir, mais les sirènes l'en empêchent. Beaucoup de choses lui manquent : les baisers de son père, ses grands discours, les livres qui arrivent d'Espagne et son expression enthousiaste quand il les lui montre ; les foyers que sa mère reconstruit dans chaque pays où ils ont vécu, à jamais figés dans le temps et dans l'univers abandonné dans l'île lointaine de l'Espagne où elle est née. Elle vit seule depuis déjà deux ans. Elle a trouvé un travail et déménagé dans un appartement proche de son université. Elle ne le regrette pas. La vie que menaient ses parents l'étouffait.

Quand enfin elle trouve le sommeil, elle entend sonner, mais elle n'est pas certaine que ce soit le téléphone. Elle rêve d'une plaine déserte où même la lumière ne trouve pas d'endroit où nicher ses couleurs. Elle ouvre les yeux et le son persiste. Elle saute du lit et se dirige à tâtons vers le salon. Sans doute Sophie en pleine crise d'insomnie. Elle veut bien descendre lui tenir compagnie. C'est devenu une habitude. Elles dorment dans les bras l'une de l'autre et leurs corps s'ajustent en toute confiance. La chaleur et la respiration de Sophie lui procurent un sentiment de plénitude. Parfois même elle attend son appel en contemplant le plafond, et quand Sophie s'est endormie dans ses bras, tout retrouve un ordre, un sens. Grâce au pouvoir que Sophie lui a donné d'apaiser son âme, elle ne s'est jamais sentie aussi proche de quelqu'un.

Elle regarde l'heure, minuit et demie. Elle soulève le combiné. À l'autre bout de la ligne, sa conscience encore assoupie trouve la voix de Diego.

— Tu dormais ?

Son cœur fait un bond. Ils ne se sont pas revus depuis l'épisode de la plage, il y a une douzaine de jours. Elle est sûre qu'il l'évite. Elle pense souvent à lui, revoit ses traits tendus à quelques centimètres de son visage, ses doigts habiles, sa sueur tombant sur elle goutte à goutte. Elle revoit aussi son abattement et finalement son air épuisé.

— Excuse-moi si je te réveille, mais tu sais où est Sophie ?

— Elle m'a dit qu'elle sortait avec Camilo.

— Elle ne m'en a pas parlé. Qui est Camilo ?

Morgana lui explique que Camilo travaille dans la papeterie où Sophie achète son matériel à dessin.

— Pourquoi ne m'a-t-elle pas prévenu ? Un coup de fil, ce n'est pas compliqué. Tu en es sûre ?

— Je ne peux pas te le jurer, mais j'en suis presque sûre.

— Merci. Je vais l'attendre.

— Diego, je sais que tu es inquiet… murmure-t-elle, hésitante. Tu veux que je descende un moment ? Ça n'a pas d'importance, maintenant que je suis réveillée, ajoute-t-elle très vite.

Elle entend le battement d'un briquet à l'autre bout du fil.

— Sophie peut arriver à tout moment.

— Et alors ? Elle nous surprendra en pleine conversation, comme les deux bons amis que nous sommes.

— Je vais te préparer du thé, dit Diego, brusquement décidé.

Morgana descend en pyjama et pieds nus, comme lorsqu'elle va retrouver son amie. Diego lui ouvre, la théière à la main.

— J'allais mettre l'eau à chauffer.

L'expression de Diego quand il la voit en chemise de nuit légère, le visage détendu et les cheveux rassemblés en tresse, n'a rien de réjouissant. Morgana devine son découragement devant la jeunesse qu'elle lui présente aussi crûment. Sur la table de la salle à manger, une pile de dossiers, le journal du soir et quelques dessins de Sophie. Un seul regard lui suffit pour savoir que ce sont les esquisses qu'elle fait quand elles sont seules : Sophie l'observe et gribouille son cahier. Si Morgana lui demande ce qu'elle dessine, elle le referme d'un coup et sourit mystérieusement. Une fois, après l'avoir regardée attentivement pendant quelques minutes, Sophie lui a montré le dessin agile et sûr de sa silhouette.

Sophie est-elle avec Camilo ? Mais qui est Camilo ? se demande-t-elle soudain. Elle ne l'a jamais vu, et elle ne sait pas grand-chose de lui. Elle aurait dû lui poser des questions, s'intéresser davantage. Elle a peur pour Sophie. La nuit et ses sirènes exacerbent les craintes. Cependant, elle ne peut laisser transparaître ses appréhensions devant Diego. Ce serait idiot de l'inquiéter.

Elle s'assied au bord du canapé et Diego rapporte de la cuisine une tasse de thé fumante pour elle et une bière pour lui. Il lui tend la tasse sans la regarder, se débat avec son Zippo pour allumer une cigarette et s'approche de la fenêtre. Une douce teinte ocre illumine le ciel. C'est le rayonnement des lumières de la ville et de la lune qui ne va pas tarder à émerger au-dessus de la cordillère. Il boit une longue gorgée à la bouteille, le regard noyé dans la nuit.

— Tu as appris ce qui est arrivé ?

— Oui, murmure Morgana. C'est horrible.

— Douze balles. Tu te rends compte ? Il était en voiture avec sa fille.

Il aspire une profonde bouffée et, les yeux fermés, renvoie lentement la fumée vers le plafond, comme s'il avait enfin prononcé des mots qui lui pesaient sur le cœur depuis longtemps.

— J'ai écouté les informations à la radio. Un commando a intercepté sa voiture. Que va-t-on devenir, au milieu de toute cette violence, Diego ?

— Nous allons nous retrouver seuls. Complètement seuls. S'ils comprenaient… s'ils pouvaient comprendre que leurs actes violents ne font qu'appeler plus de violence… dit Diego sans la regarder, et il reprend une longue gorgée de bière.

Ses paroles jaillissent, sèches, lourdes de rage et d'impuissance. Morgana croit y reconnaître son impavide virilité. Elle devrait peut-être s'en aller, mais au lieu de cela elle presse sa tasse contre sa joue pour profiter de sa chaleur.

Il reste un long moment sans parler, puis :

— Tu crois vraiment que Sophie est avec ce Camilo ?

— Elle m'en a parlé plusieurs fois. C'est un garçon qui lui plaît, mais je crois qu'elle ne s'en est pas encore rendu compte.

— Qu'il lui plaît ?

Ses yeux, qui jusque-là ont sauté d'un coin du salon à un autre, se posent sur elle.

— Oui.

— Comment est-ce possible ?

— Ce sont des choses qui arrivent.

Il éteint sa cigarette dans le cendrier après une dernière bouffée. La lumière d'une lampe dessine à la commissure des lèvres des ombres qui lui donnent un air triste.

— Tu veux dire que ça arrive aux femmes ? Parce que les hommes savent très bien quand une femme leur plaît, dit-il, le regard toujours fixé sur le cendrier.

Morgana a l'impression que vers la fin de la phrase sa voix s'éteint, il regrette peut-être de l'avoir prononcée. Elle se dit que c'est le moment de le laisser seul. Au moment où elle va se lever, Diego la devance, passe à la cuisine et rapporte une bouteille de vin et deux verres. Ses mouvements sont brusques, mais précis. Morgana y voit une pulsion ferme et maîtrisée. Elle remonte ses pieds sur le canapé et ses bras entourent ses genoux.

— Tu as froid ?

— Un peu, dit-elle en allumant une cigarette dont elle tire plusieurs bouffées à la suite.

— Ton pyjama est un peu léger. Attends. – Diego disparaît dans le couloir et revient avec un jogging trop grand en coton gris. – Enfile ça.

Il remplit les deux verres, s'assied à l'autre bout du canapé et étend le bras sur le dossier. Une position décontractée, trahie par sa main qui s'agite, essayant vainement de lisser les côtes de l'étoffe.

— Ton père est diplomate de carrière, n'est-ce pas ?

Il lève son verre et la regarde par transparence.

— Oui, répond Morgana qui essaie de faire tomber la cendre qui ne s'est pas encore formée.

— Tu as encore froid ?

— Moins.

— Approche-toi.

Diego glisse son bras derrière ses épaules. Elle appuie sa tête contre lui. Il enroule autour de ses doigts la mèche qui s'est détachée de sa tresse, il caresse son visage, suit son contour, le nez, les sourcils, les lèvres charnues, comme s'il voulait découvrir ses traits. Il dit en la regardant :

— J'adore ton nez et tes pieds, oui, surtout tes pieds. – Il tend la main et touche son pied bronzé. – Sophie est en train de faire un portrait de toi. Tu le savais ?

— J'ai juste vu une esquisse.

— Elle veut donner sa version du tableau d'un peintre hongrois, qui représente une femme tenant une cage verte où un oiseau blanc est retenu prisonnier. Tout est dans la pénombre à l'exception de l'oiseau, de la cage, des mains et du profil de la femme. C'est très beau. La femme porte une lourde robe prune foncé, mais Sophie veut la peindre nue.

À ce dernier mot, Diego effleure du doigt la joue de Morgana.

— Nue ? Pourquoi ?

Les yeux jaune tournesol et fanés la regardent avec l'étonnement et l'avidité de celui qui a sauté un mur et découvre ce qu'il croyait jusqu'alors impossible. Soudain, ses mains s'aventurent à l'aveuglette sous la chemise de nuit. Elle perçoit la fougue de ses doigts sur ses seins, étend les jambes et pose la tête sur les genoux de Diego, qui remonte la chemise de nuit, caresse son ventre, traîne autour du nombril, dessine un cercle autour et s'attarde sur sa fente.

— Viens, souffle-t-il soudain en se levant et en lui prenant la main pour l'entraîner vers sa chambre.

Il enlève sa chemise en la regardant fixement, voulant peut-être évaluer l'impression que produit sur elle son torse nu. Sans préambule, Diego colle ses hanches aux siennes et la pénètre à fond, d'un coup ; une fois à l'intérieur il se fige, l'observe avec un sourire infime mais perceptible. Nouvelle poussée. Il mesure l'intensité de ses assauts dans le regard de Morgana. De la main, il l'oblige à fléchir un genou pour aller plus profond. Il s'arrête encore, ferme les yeux et la serre dans ses bras. Elle sent dans son oreille la chaleur de son haleine. En pensant que plus tard elle se rappellera cette étreinte – Diego en elle –, elle est soudain triste. Elle sait qu'en dépit de la proximité, de leur étreinte si profonde où elle a l'impression d'atteindre une couche enfouie de Diego, ce contact emportera tout avec lui quand ils se sépareront. Car l'existence ne résiste pas à ce feu, elle l'éteint, l'arrache comme les mauvaises herbes ; car cette intensité est incompatible avec la raison, avec la sagesse nécessaire à la vie pour suivre son cours et aller jusqu'au bout d'elle-même.

Elle éprouve le besoin irrésistible de lui demander de continuer, de ne pas se retenir, d'aller jusqu'au fond, tout en sachant qu'alors tout sera fini, qu'il ne sera plus là pour la jauger, ventre contre ventre, pour l'interroger, les yeux dans les yeux. Mais elle ne peut s'en empêcher :

— Ne t'arrête pas.

Il continue sa plongée en elle. Aucun retour en arrière possible. Ils finissent presque ensemble.

Diego passe le bras derrière son dos et la presse contre lui. Morgana appuie la joue sur son épaule moite de sueur et colle ses seins contre ses côtes viriles. Elle écoute le silence, un silence apparent, un couvercle qui étouffe d'autres sons. Elle n'a rien gardé pour elle, elle s'est abandonnée jusqu'au bout, elle éprouve une grande délivrance, mais la tristesse qu'elle a ressentie l'assaille de nouveau.

Elle pense au corps de l'ex-ministre, sa tête sans vie sur la banquette ensanglantée, les douze balles et le sang qui maintenant ruisselle dans la nuit, transformé en cris lointains, en longues lamentations d'automobiles qui traversent la ville. Elle se blottit contre lui. Diego se lève d'un bond et ferme les rideaux. Le bruit extérieur est amorti, mais il ne disparaît pas. Morgana voit ses petites fesses rebondies, ses cuisses fermes qui ne se remarquent pas sous ses vêtements. Elle a encore envie de le toucher. Son torse, en revanche, est moins développé, il donne à son corps l'apparence d'une certaine fragilité.

— Sophie et toi, vous dormez ensemble, quelquefois, n'est-ce pas ? demande-t-il quand il revient se coucher.

— Oui. Comment le sais-tu ?

— Elle m'a dit que lorsqu'elle ne pouvait pas dormir, elle t'appelait et tu venais lui tenir compagnie. J'en ai été très ému. Que faites-vous ?

— Nous ne sommes pas lesbiennes.

— Je le sais, il ne s'agit pas de ça, dit-il en riant, mais depuis qu'elle m'en a parlé, chaque fois que je rentre tard je ne peux me sortir de la tête que tu es peut-être là, tout près, dans le lit de Sophie, et cela me trouble.

— Nous prenons soin de nous, ça devrait te réjouir.

— Oui, bien sûr. Mais tu dors avec ma fille, enlacée, et maintenant tu es dans mes bras.

— C'est ce que Sophie t'a dit ?

— Oui, elle m'a dit que tu l'enlaçais, et qu'elle s'endormait.

— C'est vrai. Ça me fait du bien aussi. Elle te raconte tout ?

— Je pense que oui. Elle a confiance en moi.

Morgana se dit que soudain tout devient ambigu. Oui, elle aime Sophie d'une façon franche et honnête. Mais cette vérité, qu'elles ont cultivée toutes les deux comme un trésor, vole en éclats quand elle se heurte au désir. Comment rester fidèle et vraie avec soi-même, si elle est infidèle et menteuse avec Sophie ? Elle pressent que par sa faute, celle du désir qu'elle éveille chez lui, Diego a rompu une promesse qu'il s'était faite à lui-même sans jamais avoir à la formuler, car elle est évidente, nécessaire, et tient en quelques mots : ne jamais désirer une amie de Sophie.

Un hélicoptère les survole. Ils entendent le vrombissement se rapprocher de leur immeuble. Morgana glisse son pied froid sous les jambes de Diego, qui se raidit. Elle écoute son anxiété palpiter sous les battements de son cœur.

— Il vaudrait mieux que tu remontes, dit-il doucement. Sophie peut arriver d'un moment à l'autre.

Elle distingue sur son visage ce besoin d'impérieuse distance qui l'avait saisi à la plage. Elle quitte le lit calmement et récupère sa chemise de nuit.

— Attends, je te raccompagne.

— Pas la peine, dit-elle en essayant de prendre un ton neutre.

— J'y tiens, insiste-t-il en enfilant son pantalon.

Le vacarme de l'hélicoptère semble s'immobiliser au-dessus de leurs têtes. C'est un bruit qui couvre tout. Puis il s'éloigne, mais pendant ces brèves secondes, il est arrivé quelque chose. Morgana sait qu'ils ont pensé à Sophie tous les deux, et qu'ils ont eu peur pour elle.

SAUT DE L'ANGE

Sophie savoure le contact de la main de son père quand, assis l'un à côté de l'autre dans les gradins, il presse la sienne. Morgana est debout au bord de la piscine avec cinq autres filles, le dos bien droit. Elle porte un maillot noir et un bonnet en caoutchouc. C'est la première fois que Diego voit Morgana en compétition. "Tu dois te changer les idées, sinon ta tête va exploser !" lui a dit Sophie pour le convaincre. Depuis quelque temps, elle le trouve tendu, toujours débordé, et on dirait que des pensées tragiques ont pris place derrière ses sourcils froncés. Les appels n'ont pas cessé. Parfois, les provocateurs brisent le silence et une voix déformée derrière un mouchoir profère des menaces. Sophie évite autant que possible d'être seule. Aussi accompagne-t-elle souvent Morgana aux entraînements. Elle assiste avec plaisir aux répétitions des plongeons artistiques qui portent des noms comme "coup de pied à la lune" ou "saut de l'ange". Morgana a un air concentré que lui confère une beauté mûre et résolue. Les concurrentes tendent les bras et plongent. Sophie a les yeux fixés sur les bras de son amie, auréolés de lumière, qui dessinent des courbes dans l'air pendant que la ligne du dos rompt la surface de l'eau comme un sabre, proprement, en silence. Sophie se tourne vers son père et le sent inquiet quand Morgana perd du terrain : l'élégance de ses mouvements la trahit : elle perd du temps au moment du demi-tour.

Peu à peu, Sophie a poussé Diego à apprécier Morgana. Ils sont maintenant unis tous les trois par un lien dont elle se considère responsable et gardienne.

— Elle est fantastique, n'est-ce pas ? dit Sophie.

— En effet, répond Diego en lui lançant un regard que Sophie ne sait pas déchiffrer. Au moment d'ajouter un commentaire, il tourne la tête et se joint aux applaudissements qui saluent la victoire d'une grande fille qui, à la différence des autres, a les épaules étroites, comme Sophie.

AU PELOTON

À la sortie, Morgana, les cheveux humides rassemblés en tresse, jette son sac sur l'épaule. Sophie s'accroche à son bras.

— Tu t'es très bien débrouillée, lui dit Diego en l'embrassant sur la joue avec la douceur d'un murmure.

— Je sais, je sais, l'essentiel est de participer, mais je voulais gagner ! s'exclame-t-elle en riant.

Leurs haleines se fondent dans l'air froid du soir.

Depuis six mois, tous les jours, Diego monte à son appartement au petit matin et se glisse dans ses draps. Ils font l'amour et prennent leur petit-déjeuner au lit, pendant que Sophie, sans se douter de rien, dort quelques étages plus bas.

Maintenant, elle les tient tous les deux par le bras d'un air insouciant, mais Morgana décèle un chagrin sur le visage de Diego. L'enthousiasme de Sophie la rend triste, car cette dernière ignore la véritable nature de cette union qui la rend si heureuse et qui, croit-elle, est son œuvre.

Au loin, on entend un bruit confus qui prend de l'ampleur.

— C'est la marche aux casseroles, dit Diego. Il vaudrait mieux rentrer par les petites rues pour ne pas tomber dessus.

Les efforts de Diego sont vains. Au bout de quelques minutes, ils sont arrêtés par les cordons policiers. Les boucliers leur barrent le passage et les refoulent vers les grandes avenues où ils retombent sur un défilé de femmes vociférantes. Diego tient fermement les deux jeunes filles. Morgana sent sa grande main tiède dans la sienne. Ils constituent tous les trois un bloc qui marche à contresens de la manifestation. Morgana reconnaît un halo de férocité sur les visages. Les yeux injectés, les bouches grandes ouvertes, les gorges irritées par tant de slogans. Elles ont des casseroles, des poêles, des rouleaux à pâtisserie suspendus au cou, des marmites sur la tête en guise de casque, des filets à provisions et des paniers vides. Ils sont encerclés par des slogans de plus en plus rudes et stridents. "Pas de barbaque les gars, pas de lait les gars, on est dans le caca les gars !" Sophie a les yeux rivés sur le sol, comme si elle avançait sous une pluie diluvienne.

— Je veux sortir de là, chuchote-t-elle d'une voix tremblante, le visage tout pâle.

— Bientôt, dit Diego.

Il est plus facile de marcher en zigzag qu'en ligne droite. Les femmes brandissent des banderoles, bras dessus bras dessous. Les plus jeunes se donnent la main. Drapeaux chiliens, drapeaux blancs avec araignée noire au centre, drapeaux multicolores portés par les enfants, drapeaux au bout de longues hampes en tête d'un groupe vêtu de blanc, drapeaux des États-Unis, flottant en cadence, comme s'ils étaient l'écho d'un système nerveux central.

Ils sont finalement obligés de s'arrêter. La foule est compacte. Sophie monte sur un banc pour respirer. Morgana et Diego se regardent, sourient, elle baisse les paupières, les rouvre, sourit encore. Un réseau de signes tissés ces derniers mois, par lesquels ils communiquent en présence de Sophie. Diego lui semble solide, quand il est face au monde ; dans l'intimité de l'alcôve, en revanche, elle le sent fragile et vulnérable. Des femmes âgées chantent l'hymne national en avançant laborieusement ; les visages sont à la fois graves et lumineux. Si elle n'avait pas entendu leurs cris de guerre, elle pourrait croire qu'ils ont des âmes empreintes de bonté et de béatitude. Diego, Sophie et Morgana reprennent leur progression à contre-courant. Des manifestants réagissent avec hostilité et les insultent. Ils croisent un orchestre de jeunes en chemises bleues, bardés de casques et chaînes, et se frayent un passage avec autorité, sans ménagement. Des femmes les applaudissent, mais ils avancent sans lever la tête.

Par moments, Morgana sent la main de Diego se poser sur sa taille, et ses doigts se faufiler un dixième de seconde sous sa blouse et se rétracter aussitôt. Son corps se raidit au souvenir de leur dernière nuit. Ils faisaient l'amour quand, soudain immobile, son regard ambré fixé sur elle, il lui a demandé quand c'était, la première fois. Il voulait aussi savoir son nom. Puis il lui a imposé silence en plaquant sa main sur sa bouche et, doucement mais fermement, il a redoublé d'ardeur, comme si le nom de ce garçon entrait dans la pièce et, telle une cravache, poussait son excitation à l'extrême. Après l'amour, ses doigts ont suivi ses traits pendant un long moment et il l'a prise dans ses bras. Elle s'est endormie avant le lever du soleil. Au réveil, Diego, assis sur le lit, tenait un bol de café et la regardait fixement. Elle a eu l'impression qu'il était entré dans sa conscience pendant son sommeil pour dévaliser ses secrets.

La colonne humaine progresse lentement. Diego se remet à la toucher, un contact de plus en plus intense. Au milieu d'un groupe de femmes pomponnées – comme si elles devaient se retrouver dans un café à la mode, pas à une manifestation –, Morgana reconnaît une amie chilienne de sa mère, une femme aguichante, aux lèvres charnues et rouges. Elle porte une veste ajustée couleur crème et une jupe assortie qui s'arrête très au-dessus du genou. "Allende, prends garde à toi, les femmes sont là", reprennent-elles en chœur derrière eux, un slogan qui se répand et les rattrape. Autour d'eux, les cris se rejoignent dans un "les femmes sont là" qui s'élève comme une vague vigoureuse, collée à leurs oreilles en échos stridents qui envahissent tout l'espace.

— Je n'en peux plus, dit Sophie.

Elle est pâle, pliée en deux. On dirait qu'elle va vomir. Ses yeux suppliants sont inondés de larmes.

— Ne t'inquiète pas, dit Diego en la prenant par les épaules et en la secouant doucement, comme s'il voulait la délivrer d'un sort qui la tient prisonnière. Nous avons déjà connu ça, toi et moi. Tu t'en souviens ? Des milliers de personnes qui criaient. Tu te rappelles ce vagabond qui avait insisté pour nous offrir sa flasque et qui était en réalité un professeur de la Sorbonne à la retraite ? Tu avais le même malaise, mais nous savons qu'il n'y a pas de quoi s'inquiéter – sa voix est sonore mais paisible.

Morgana pense que la jeunesse de sa voix a le pouvoir d'illuminer la réalité.

En haut d'un immeuble, quelqu'un jette des confettis. Ils tombent lentement, se posent sur les têtes, les banderoles, et se dispersent dans la faible brise du soir qui n'a pas encore terrassé la chaleur de décembre. Tous trois fendent la marée humaine. Diego force l'allure et les entraîne. Devant le siège d'une université, des jeunes retranchés derrière les fenêtres crient des slogans : "Les corbacs aux cochons, les réacs au peloton." D'autres voix les rejoignent. Sophie se répète intérieurement le mot "peloton". Elle lâche la main de Diego et se bouche les oreilles. Diego la serre contre lui. Les cris persistent.

— Détends-toi, répète-il.

Seule sa voix semble ramener la lumière dans ses yeux envahis par les ténèbres.

Les hommes en chemises bleues interviennent soudain, comme s'ils étaient restés cachés derrière les arbres du trottoir. Beaucoup plus nombreux, ils marchent avec l'aplomb des molosses et se mettent à jeter des pierres aux étudiants. Bientôt les pierres volent dans les deux sens.

— Il faut filer, dit Diego. Ça ira ? demande-t-il à Sophie.

Morgana repère sur son visage une angoisse qu'elle n'avait encore jamais remarquée.

Sophie est prise de frissons si forts qu'on dirait des convulsions. Diego la serre contre lui et lui chuchote quelques mots. Sophie cesse de trembler et des larmes silencieuses jaillissent de ses yeux. Père et fille sont unis dans une même étreinte, comme sur une île, absents, tandis qu'autour d'eux les manifestants courent, ramassent des pierres et les renvoient dans toutes les directions. Morgana se rappelle un matin, quelques mois auparavant, quand, s'armant de courage, elle avait demandé à Diego si un jour ils pourraient révéler à Sophie la vraie nature de leur relation. Il avait répondu que c'était impossible, il ne pouvait donner de telles explications sans trahir sa fille. Diego lui dira-t-il un jour la vérité sur Sophie ?

Banderoles et drapeaux gisent sur les trottoirs. Un gamin d'une douzaine d'années a le front en sang. Le trio a la gorge et les yeux en feu. Morgana a l'impression d'étouffer.

— Ce sont les bombes lacrymogènes, dit Diego.

On entend des cris, des insultes, des menaces, des coups de sifflet. Maintenant, tout le monde court. Les "chemises bleues" ont été rejoints par des hommes qui ont le visage dissimulé sous des foulards ou des passe-montagnes, d'autres détalent sans cesser de jeter leurs projectiles. Diego, Sophie et Morgana courent, courent et, à bout de souffle, s'arrêtent enfin, au bout de quelques centaines de mètres. Soudain, le calme règne, ils sont sortis de cette mêlée. On entend au loin le hurlement des sirènes. C'est un quartier de maisons basses collées les unes aux autres. Sur les trottoirs, des arbres vénérables laissent retomber leur frondaison sur les habitations. Un enfant passe en sifflotant sur sa bicyclette. Son allure manque d'assurance et il zigzague au milieu de la chaussée.

— Tout va bien ? demande Diego.

Ils sont exténués, en nage. Ils ont les yeux irrités, larmoyants. Une femme s'essuie les mains dans son tablier et se penche à sa porte entrouverte. Ses cheveux blancs brillent sous la lumière.

— Il vous faut du sel, dit-elle d'une voix qui après tout ce tintamarre a une sonorité douce.

Elle disparaît et revient quelques minutes plus tard avec un sachet de sel pour atténuer l'effet des bombes lacrymogènes.

FRACAS D'ALUMINIUM

Ils arrivent devant leur immeuble à la nuit tombante. Des hommes sortent de l'ascenseur en riant. Ils portent tous la même veste grise et en voyant le trio, les rires se figent. Ils se hâtent vers la sortie et disparaissent.

Une forte odeur d'eau de Cologne flotte dans l'ascenseur, qui s'arrête au douzième étage.

— Une bière ne nous fera pas de mal. Ça te dit ?

Morgana accepte en silence.

Le son rassurant d'accords de piano envahit le couloir. Une ampoule a grillé, la pénombre est pesante. Sophie les devance en faisant tinter ses clés.

— Diego ! crie-t-elle devant la porte de l'appartement.

Elle recule d'un bond et porte les mains à sa bouche. Morgana et Diego se précipitent. Une inscription à la peinture en travers de la porte :

Enculé de communiste, tu te casses ou on te casse

— Ce sont eux, dit Sophie en pressant la main de son père.

— Ceux qui téléphonent, précise Morgana.

— Demain, je demanderai une surveillance rapprochée, dit Diego. Ne vous inquiétez pas.

Sophie passe les doigts sur la peinture fraîche et l'examine comme s'il s'agissait d'une substance étrange.

— Quel gâchis, n'est-ce pas ? murmure-t-elle.

— Allons, entrez, dit Diego.

L'appartement a son air habituel : le matériau de travail de Sophie, des verres sur la table, des livres partout, le désordre que Diego et elle partagent avec une désinvolture affirmée. Diego apporte du fromage, du pain et des bières.

Le tam-tam métallique des casseroles continue, comme s'il venait des quatre points cardinaux. Il est parfois loin et leur parvient comme en sourdine ; parfois sec, suivant un rythme, toujours le même, et envahissant tous les recoins du salon.

— Ils ne sont donc jamais fatigués ? dit Sophie.

Diego branche le tourne-disque. Mais en vain. Le fracas d'aluminium persiste derrière la trompette de Miles Davis. La luminosité de la ville masque les étoiles, et les fenêtres des immeubles, invisibles le jour, émettent maintenant des éclats de blanc et de jaune. L'inquiétude pointe derrière leur silence lugubre. Diego, sur le canapé, tapote son Zippo contre sa jambe. Morgana, à l'autre extrémité, prend une cigarette. Il lui tend le briquet allumé sans la regarder. Sophie, en face d'eux, les yeux dans son verre, semble avoir émigré.

Morgana a cette sensation de paralysie, où se mêlent l'incrédulité et la peur, qui, pense-t-elle, gagne les gens quand on leur annonce que la douleur qu'ils ont négligée jusqu'alors est le symptôme d'une maladie mortelle.

Sophie se lève et propose de cuire des spaghettis. Au salon, Morgana et Diego l'entendent s'affairer à la cuisine ; ils ne bronchent pas, ne se regardent même pas. Elle se rapproche et pose la tête contre son épaule. Ce contact chaud l'apaise et l'émeut. Elle a envie de pleurer.

Quand Sophie revient, Diego s'écarte sèchement de Morgana. Une réaction qui, si elle n'avait pas été aussi soudaine, n'aurait pas provoqué chez Sophie ce regard qui embrasse tout, se répand et s'assombrit aussitôt, comme si la tristesse l'avait soudain prise à la gorge.

*

Au petit matin, Diego se glisse dans ses draps et s'allonge contre elle. Morgana sent son haleine lourde glisser sur ses joues.

— Tu dors ? demande-t-il.

À cette heure où la pleine clarté ne s'est pas encore imposée, le moindre mot semble prend une dimension particulière.

— Il y a à peine deux heures que Sophie s'est endormie.

— C'était dur à vivre. Je n'ai pour ainsi dire pas fermé l'œil.

— Moi non plus.

— Qui sont ces gens ?

— Un groupuscule d'extrême droite. Ils ne vont pas aller plus loin que ça.

— Comment peux-tu en être aussi sûr ?

— De toute façon, je vais demander qu'on nous envoie quelqu'un pendant quelques semaines. Cela suffira à les dissuader d'entrer dans l'immeuble.

— Tu crois que Sophie a compris ce qu'il y a entre nous ?

— Je ne sais pas. Quoi qu'il en soit, ce genre de chose ne peut pas se reproduire, Morgana. Tu le comprends, n'est-ce pas ?

— Bien sûr que je le comprends.

Soudain Diego la prend dans ses bras. Son étreinte est si intense et si absolue qu'on la croirait surgie de l'intérieur de son être. Elle a beau savoir que son sentiment vient de l'attirance qu'ils éprouvent l'un pour l'autre, et que celle-ci est la limite que Diego s'est fermement imposée, l'espace d'un instant elle a la certitude de son amour.

POUR ELLE, PAR ELLE

Le mois de juin a ramené l'hiver. Les grèves et les occupations de dépôts ont épuisé le combustible de la ville et le petit poêle à mazout reste éteint, dans un angle du salon. La fonte semble diffuser du froid, désormais. Morgana se frotte les mains pour les réchauffer, tout en observant les cages de Sophie. Avec une perceuse, elles ont suspendu la plupart d'entre elles au plafond. Carmen Waugh, une galeriste importante, intéressée par le travail de Sophie, va passer les voir.

Pour avoir plus de place, elles ont transféré à la salle à manger le canapé, les fauteuils et la table basse. Les dix cages vides sont faites de matériaux divers, branchages, fragments d'objets inutilisés, déchets. À chacune d'elles est suspendue une banderole sur laquelle est écrit le fragment d'un poème. Elles ont cherché ensemble les matériaux pour les construire. Elles les trouvaient dans les lieux les plus invraisemblables, au point que parfois, Morgana avait l'impression que Sophie pouvait voir ce qui couvait sous la surface des objets, écouter leurs palpitations imperceptibles, comme si en sa présence ils se dépouillaient des couches qui cachaient leur véritable nature. Lors d'une de ces expéditions, elle lui demanda pourquoi les cages étaient vides. Sophie regarda les pavés et répondit avec un brin de tristesse que l'invisible était infiniment plus vaste que le visible : "C'est le silence qui gît entre une note et une autre, la lumière tapie dans la pénombre, le volume qui fait du vide, le vide." Et elle n'avait plus rien dit jusqu'à la fin de la journée.

Pas un instant Morgana ne cesse de penser à Diego, d'évoquer avec émotion les images de leurs matins, par exemple quand il lui avait demandé de raconter la première fois où elle avait couché avec un garçon. Elle se rappelle son excitation, et depuis, de plus en plus souvent, il veut qu'elle lui parle de ses amours passées. Certains jours, il se contente d'un coup de pinceau, d'une rencontre furtive, d'une caresse dérobée, mais souvent il exige des détails pour s'assurer de leur exactitude, jusqu'au moment où elle déclare qu'elle en a assez, alors il la prend et ils font l'amour. De temps en temps, il veut qu'elle lui montre comment les autres l'ont aimée. "Caresse-toi comme il te l'a fait", "Touche-moi comme il t'a touchée", lui dit-il en l'incitant à reproduire le geste, "Encore, encore, encore", jusqu'à ce qu'elle retombe sur lui, épuisée, parfois excitée par son propre récit et par l'ardeur qu'il déchaîne chez Diego, parfois attristée.

La voix de Sophie la tire de sa songerie.

— J'aimerais que tu emportes cette cage, dit-elle en montrant une des plus petites, fabriquée avec des branches de myrte. Sur la banderole est copié ce vers : "Mourir et t'aimer plus encore."

— Je l'ai faite pour toi, ajoute-t-elle.

Ses paroles l'émeuvent. Une fois, alors qu'elles se connaissaient depuis peu, elle avait raconté à Sophie que tout ce que Brodsky écrivait – chaque vers, chaque mot – était pour Auden. Ce dernier était l'ombre qu'il cherchait à séduire. Quelques semaines plus tard, Sophie avait déclaré que toutes ses créations seraient pour elle, par elle. Morgana allume une cigarette et exhale la fumée dans une attitude virile et impétueuse.

— Ne dis pas cela, Sophie.

Et d'un geste nerveux, elle porte un ongle à la bouche et cherche encore à le ronger.

— Mais c'est vrai, je t'assure ! dit Sophie faiblement, pour cacher son émotion.

Les derniers rayons du soleil entrent en oblique par la fenêtre, illuminent le salon et mettent en valeur la grande diversité de matériaux des cages. On dirait que ces dernières veulent s'agresser et se blesser. Morgana se lève, écrase sa cigarette dans le cendrier et en allume une autre quelques secondes plus tard.

— Sophie, tu ne crois pas que ce serait chouette d'inviter Camilo ? Je ne le connais pas, Diego non plus.

— Mais je ne le vois presque plus.

— Tu devrais le voir davantage, dit Morgana sans la regarder.

Sa cigarette entre ses lèvres, elle dénoue son chignon et le refait habilement.

— Quel intérêt ? Diego, toi et moi, ça me suffit. Et Anne, bien sûr, dit-elle avec un sourire forcé.

Morgana la prend fermement par les épaules.

— Mais enfin, Sophie, ce n'est pas normal, tu t'en rends compte ? Ce n'est pas normal que toute ta vie se réduise à ton père et moi, lui crie-t-elle.

Le visage de Sophie s'assombrit. Elle lui lance un regard muet. Dans un geste nerveux elle fait tourner le bracelet qu'elle porte au poignet, comme si elle déclenchait un mécanisme secret. Celui du jour a des couleurs mates, et il est plus fin que les autres. Un silence dur et méfiant s'est interposé entre elles.

— Dis-moi quelque chose.

Mais Sophie ne bronche pas. Morgana sait qu'elle s'est fourvoyée. Elle sait aussi – comme elle le lui a avoué une nuit où elles dormaient ensemble – que Sophie cherche une surface brillante sur laquelle poser ses yeux, pour regarder la réalité dans son reflet et se débarrasser de ce qui la perturbe.

— Excuse-moi. Je ne voulais pas te parler sur ce ton.

Sophie est debout, les poings serrés, la tête tournée vers la fenêtre, le regard humide fixé sur le soleil couchant qui teinte le ciel d'indigo.

— Dis-moi quelque chose, supplie encore Morgana, et elle perçoit la phosphorescence qui affleure sous sa fragilité.

Elle aspire bouffée sur bouffée, prisonnière du silence de Sophie.

— Tu vas me parler ?

Les lèvres de Sophie tremblent. Morgana pressent un danger, un avertissement. Elle a l'impression que si elle insiste, Sophie va éclater en mille morceaux.

TOUT OU RIEN

Aujourd'hui, c'est l'anniversaire de deux ans de gouvernement. Deux ans, depuis que Morgana a surgi dans l'appartement de Sophie sans la connaître, attirée par son allure fragile et excentrique.

Ce soir, Morgana a suggéré à Diego une promenade, bras dessus bras dessous, comme les couples qui n'ont pas à se cacher. Les rues sont jonchées de papiers, de banderoles déchirées et d'ordures, reliefs de la manifestation. En hauteur, les immeubles créent un puzzle de lumières blafardes, fantasmagoriques.

L'avenue a beau être déserte, Diego presse le pas et la prend par la taille en marchant côté chaussée, à la manière ancienne. Ces égards rappellent à Morgana leur différence d'âge, ses histoires aussi. Elle a appris à aimer et désirer les sillons sur ses joues, les paupières tombantes, l'éclat mat de ses yeux. Ils traversent pour entrer dans le parc. Après le vacarme de la rue, la rumeur de la rivière a une texture apaisante. Toutefois, Diego est inquiet, sur les nerfs. Il grommelle, sourit, accélère sans raison. L'animation du soir, le discours du président, la foule, les slogans. Morgana aspire l'air frais et pressent le pouvoir mystérieux des séquoias gigantesques. Leurs branches s'étendent et rejoignent leurs voisins dans une même étreinte. Elle sent aussi la main ferme de Diego. Du coin de l'œil, elle regarde ses lèvres sans se lasser, la courbe qu'elles dessinent au-dessus du menton.

Les platanes orientaux la font éternuer. Diego l'enlace. Elle respire son cou. Un parfum aigre-doux qu'elle adore, un arrière-goût d'humus, et elle est tentée de croire qu'il est secrété par le tréfonds de son corps et non par son épiderme.

Elle le flaire encore, enfonce le nez dans le lobe de son oreille, introduit sa langue dans la cavité. Diego ferme les yeux et sa respiration s'accélère.

— Tu m'excites, dit-il.

Morgana sait que ce contact attise ses sens. Il y a quelques mois, Diego lui a avoué que les filles plus jeunes n'ont jamais éveillé ses désirs érotiques. Car en dépit des péripéties de sa vie amoureuse, il a toujours recherché dans ces rencontres la possibilité d'un amour entre égaux. Cette confession a troublé Morgana. Elle sait qu'avec elle il a franchi la frontière interdite, mais il n'a jamais admis qu'il pouvait y avoir entre eux ce qu'il a appelé "un amour entre égaux". Certes, elle est à l'affût du moindre mot – elle en rêve – qui puisse définir les limites à l'intérieur desquelles se mouvoir, sans avoir la sensation qu'à tout moment elle risque la chute. Elle aimerait avoir un baromètre qui mesure l'intensité des sentiments de Diego, afin d'ajuster les siens en proportion. Comme elle n'en a pas, elle les laisse s'exprimer et les récupère, comme un pêcheur qui lance sa canne dans les eaux obscures et inconnues. Le seul ingrédient qui les unit – dans cette relation qui n'affronte ni le grand jour ni les poussières de la routine quotidienne – n'est-il pas son côté secret, sa réalisation impossible ? Elle redoute aussi que la douce nostalgie qu'elle éprouve pendant ses absences devienne douloureuse, que très vite ses défenses ne fonctionnent plus, que son fragile équilibre se rompe, elle redoute de voir un jour à son réveil Diego plonger ses yeux dans les siens jusqu'au fond du puits de ses pupilles, et de ne plus rien trouver. Peur de ne plus ressentir un jour ce qu'elle ressent aujourd'hui. Peur de la nature de Diego. Elle sait qu'il ne va pas renoncer de son plein gré aux plaisirs qu'elle lui donne. Elle le vivifie. Il a besoin d'elle, au point de feindre qu'il est prêt à franchir les limites futures dans sa relation. Elle se méfie. Ses hanches, ses seins, ses lèvres le lui conseillent. Son corps sait le pouvoir qu'il exerce : absolu et superficiel à la fois.

Dans le centre-ville, on entend les cloches de la cathédrale, des cris isolés dans le lointain. Ses pas et ceux de Diego se multiplient. Parfois, il est dans la salle de bains, il l'appelle, enlève sa chemise de nuit et l'étreint sans cesser de regarder son reflet, leur reflet dans le miroir. Il aime à la voir dans ses bras, à voir sa nudité pleine, son abandon, sa peau mate, ses seins pressés contre sa poitrine. Parfois il la pénètre devant le miroir, lentement, afin d'assister pouce par pouce à cet acte de possession.

Diego sifflote, étranger à ses pensées. Il s'agit d'une chanson qui parle de la mer, qu'ils ont entendue le jour de la manifestation. Elle pourrait lui demander de nommer ses sentiments, de leur donner une forme. Mais il manifeste une joie si fraîche et une humeur si enjouée qu'elle n'envisage même pas de lui demander plus qu'il ne donne.

Si les choses sont toutes proches, se dit-elle, elles deviennent invisibles, et si elles sont éloignées, elles s'estompent. Inutile d'essayer de les voir avec clarté.

— Que t'arrive-t-il, ma belle ?

Diego n'est pas loin. En définitive, il n'est jamais loin. Il devine toujours ses méditations.

Ils s'arrêtent devant une fontaine avec une sculpture wagnérienne, léonine, couronnée d'anges et de dauphins. On entend les caresses de la brise sur les branches. On dirait la nuit de plusieurs mondes simultanés.

— Tu m'aimes ?

À peine a-t-elle posé la question qu'elle sent le poids du repentir. L'éclat de la lune, tel un flash d'appareil photo, semble figer l'instant.

— Bien sûr que je t'aime, ma belle, dit Diego en cherchant ses lèvres.

Elle le retient.

— Je veux dire… pas de cette façon.

— Je t'aime de toutes les façons, affirme Diego en renouvelant sa tentative de l'embrasser.

Morgana le repousse avec brusquerie.

— Prouve-le-moi. Mais pas comme ça.

— Comment, alors ?

— Dis à Sophie de ce qu'il y a entre nous, sortons au grand jour. J'en ai assez de lui mentir, d'être toujours dans la clandestinité.

Diego la regarde et il a un sourire en coin. Elle déteste cette expression.

— Tu vas bien vite. Tu veux tout, dit-il en fronçant le nez, et il plisse les yeux en lui lançant un regard pénétrant.

— Bien sûr que je veux tout. Tout ou rien, réplique-t-elle sur un ton moqueur, mais ferme, en écartant les bras comme pour montrer à la fois la dimension de son désir et celle de son impuissance.

Diego lui demande une cigarette. Il approche les mains de son visage pour l'allumer. La flamme de l'allumette dessine ses traits virils. Morgana a envie de le frapper, de lui arracher ce sourire qui se complaît à la défier, ces yeux qui l'évaluent et ne cessent de la désirer.

— Tu sais que c'est impossible.

— Alors, accepte au moins que je t'accompagne à une de tes réunions, à un repas, n'importe quoi !

— Morgana… dit-il sur un ton las.

Elle empoigne son sac et s'éloigne. Il lui emboîte le pas. Elle le lui a demandé des dizaines de fois et la réponse de Diego a toujours été la même. Ce qui les rapproche, se dit-elle alors, c'est seulement l'envie d'aimer et d'être aimé, le désir de déverser sur un autre le feu qui s'accumule dans le cœur et qui sans destinataire l'étouffe, tuméfie et anesthésie son corps. Son amour pour Diego est solitaire, comme celui de tous les amants.

— Morgana… lance-t-il d'une voix sereine dans son dos.

— Je ne veux pas parler.

Ils marchent vite, en silence, piétinent un amas de tracts qui s'envolent sur leur passage. Elle le devance, mord la broche qui maintient sa tresse, au point d'avoir mal à la mâchoire. Ils traversent le parc. L'étreinte des arbres lui paraît moins accueillante, leurs silhouettes profilées sur l'herbe lui donnent le frisson. Une Fiat 125 passe dans l'avenue déserte, un drapeau chilien flotte à la fenêtre.

Dans l'ascenseur, Diego essaie de la prendre dans ses bras et Morgana le repousse.

— Qu'est-ce que tu veux ? demande-t-elle sans le regarder.

— Que tu dormes avec moi, dit-il sombrement.

— C'est tout ?

— Pour le moment, oui.

Dans sa chambre, ils remarquent tous les deux que l'orchidée répand une lumière propre. Un cadeau de Diego. Il l'a apportée une des premières fois où il est monté à son appartement au petit matin. C'est un *Cattleya labiata,* une espèce très rare, d'un mauve entre le rose et le pourpre qui, d'après Diego, est la couleur du temps. Ils se déshabillent devant cette lumière. Ses yeux paille, indéchiffrables, se posent sur elle. Il la serre contre lui, se déplace lentement sans cesser de la regarder et de la caresser, moqueur et insupportablement mystérieux. Au lit, il la retourne, glisse la main dans la vallée qui s'ouvre sous le mont de Vénus et soulève ses hanches. Morgana ne le voit plus. Les doigts de Diego fouillent son intérieur et recueillent son humidité. Il la saisit par les fesses et la pénètre. Morgana est en plein désarroi, elle a mal, un mal qui s'accroît à mesure qu'il s'enfonce, elle gémit. Il cède et embrasse son lobe. De nouveau il la pénètre, lentement, sans hâte, mais avec la claire intention d'aller jusqu'au fond. Aux premiers assauts elle a encore mal, mais bientôt tout change. Il laisse tomber le poids de son corps sur son dos et pousse, prend sa main, la serre fort, pousse encore. La douleur et le désarroi sont loin. Jamais auparavant elle n'a aussi bien senti Diego en elle, sa sueur contre ses fesses, son souffle dans son oreille, sans doute peut-elle se contenter de cela, renoncer au rêve du tout et ne plus se soucier de rien.

*

Au petit matin, alors qu'elle est à moitié endormie, Diego se penche et lui demande de classer les hommes qu'elle a connus par ordre de mérite, en fonction des plaisirs qu'ils lui ont donnés.

— Tu es fou, Diego, dit Morgana en s'étirant.

— C'est juste un jeu.

— Je ne vois pas ce qu'il a de drôle, réplique-t-elle, et elle se retourne contre le mur.

Devant son refus, il se lève et va allumer une cigarette devant la fenêtre.

— Si tu ne veux pas parler, je peux te raconter quelque chose.

Pour la première fois, il raconte une de ses aventures amoureuses, celle d'une journaliste avec laquelle il était allé au Liban. Morgana l'arrête. L'image d'une autre femme dans sa chambre lui est insupportable.

— Alors tu n'as qu'à raconter. Le classement des plaisirs est toujours fascinant.

De nouveau elle s'y oppose. Il lui conseille de dormir, il est encore tôt, et il passe à la salle de bains. En l'entendant s'affairer, Morgana sent de nouveau le malaise s'installer. Le malaise, parce que la demande de Diego de connaître ses aventures cache une inquiétude mystérieuse. Diego, habillé, s'étend à côté d'elle pour lui dire au revoir et elle feint de dormir.

Quand elle entend la porte se refermer, Morgana se lève, prépare un café noir et retourne au lit. Elle dispose encore de quelques minutes avant de se lever pour aller travailler. Assise, jambes repliées, elle tient son bol à deux mains pour les réchauffer. L'orchidée la regarde, frémissante de vie. À part l'orchidée et le lit, il n'y a que des murs blancs et des piles de livres par terre. Une lumière terne inonde le monde précaire qu'elle s'est construit. Elle aimerait dire à Diego qu'elle n'a connu que trois hommes, et qu'elle se moque de les classer, qu'elle peut lui parler de ses amours à l'oreille, s'il en a envie, lui décrire les détails les plus impudiques de ses rencontres passées, lui dire qu'elle est prête à tout, mais qu'elle a d'abord besoin de ses bras, de sa main dans sa main, de sa bouche dans la sienne.

Pendant que les bombes explosent dans les rues et déversent des torrents de lumière, elle oublie le monde, se replie dans sa propre incertitude où elle trouve une étrange profondeur dont elle ne veut sortir.

SOLITAIRE DANS SON DÉLIRE

Dehors, tout est lourd, l'atmosphère, les microbus et leurs grincements, la chaleur étouffante engendrée par un grand plafond métallisé de nuages. Morgana arpente son appartement, inquiète. Diego est parti en voyage avec le président et ne reviendra qu'après-demain.

Ce week-end, pour la première fois ils iront ensemble à un dîner chez un sénateur. C'est Sophie qui a insisté sur le fait qu'elle devait les accompagner, et, réaction inexplicable, Diego a accepté. Même si elle désire profondément participer à la vie de Diego, ce n'est pas la perspective de cet événement qui la perturbe.

Au petit jour, Diego lui a demandé une fois de plus d'évoquer un de ses amants. Un Basque qu'elle avait rencontré dans son village et qui très jeune avait adhéré à l'ETA. Il conduisait une jeep et tous les après-midi l'emmenait sur des plages isolées. Ils faisaient l'amour, cachés dans les herbes folles. Il avait fixé un rythme, une séquence de gestes et de gémissements qu'il observait minutieusement. Au début, Morgana avait résisté. Elle oubliait ce qui devait précéder quoi ou succéder à quoi. Elle se trompait, perdait toute envie quand il exigeait qu'elle recommence parce qu'elle n'avait pas suivi l'ordre établi. Mais au bout d'un certain temps, elle découvrit qu'en se soumettant toujours au même patron, elle avait des sensations beaucoup plus intenses et profondes, peut-être parce que la tête, dispensée de toute responsabilité de décision, se mettait enfin en retrait. Diego lui a demandé plusieurs fois de lui raconter cette histoire. Il l'écoute avec cette attention inconditionnelle qu'il réserve en général aux sujets d'une extrême importance, tandis que la fumée de sa cigarette brune monte en cercle vers le plafond. Mais cette nuit, les choses se sont passées différemment. Il lui a demandé de prononcer son nom pendant qu'ils faisaient l'amour. Elle a eu l'impression que l'ombre de ce garçon s'était introduite dans son lit, et que Diego lui demandait de se donner aux deux en même temps. Elle a même eu l'impression que Diego l'incarnait, puis redevenait lui-même, allait et venait, ils étaient trois, ils étaient deux, il ne restait que Diego, solitaire dans son délire. Sont venus les spasmes, les cris, et le silence. Jamais auparavant elle n'avait vu chez Diego cette excitation, cette façon de se perdre en elle, de se perdre dans l'image de ce garçon qui lui faisait l'amour.

Au matin, une étrange énergie l'a saisi. Il s'est levé avant que le réveil ne sonne et a fait une série de flexions devant la fenêtre. Ensuite, la croyant endormie, il s'est masturbé devant elle. Enfin, il a longuement marché dans la chambre, comme s'il était séquestré, mais qu'en même temps un lien secret l'empêchait de partir. Une fois de plus, elle a senti chez Diego ce lieu où le vide se tend et se convulse. Une inquiétude, une frustration, une avidité qu'elle ne pourra jamais combler. Et elle a pris peur.

IL NE SERAIT PAS LÀ

Morgana fume devant la fenêtre ouverte sans se décider à se coucher. Elle sait qu'elle ne pourra pas trouver le sommeil. En rentrant du dîner chez le sénateur, Diego ne lui a pas adressé un mot. Arrivé à son étage, il est sorti de l'ascenseur d'un pas vif, sans lui dire au revoir. Elle a eu l'impression qu'une force le poussait à la fuir. De nouveau la peur éprouvée dans la voiture s'empare d'elle. Elle est incapable de se rappeler une vie où il n'existait pas, ni d'en imaginer une où il ne serait pas là. Elle aspire une profonde bouffée et envoie la fumée dans la brise nocturne qui change à chaque instant, comme si quelqu'un s'employait à souffler d'un côté ou de l'autre des montagnes.

Elle s'allonge et tente de se rappeler les traits du jeune Espagnol qui l'a embrassée chez le sénateur, mais elle ne retrouve qu'une image floue, comme celle d'un spectre. Et à sa place, les moments passés auprès de Diego surgissent devant ses yeux, comme une sorte d'adieu. Elle sait qu'un lien profond s'est brisé entre eux.

Elle sursaute au coup de sonnette. Effrayée, elle demande qui est là. Elle est bouleversée d'entendre la voix de Diego. Il a sa propre clé. Il a toujours le costume qu'il portait quelques heures plus tôt chez le sénateur, mais maintenant il est froissé. Dans son cou translucide, on voit ses veines, et ses paupières ont du mal à rester en place. Son visage ressemble soudain à une chambre obscure qui déteste la lumière.

— Tu dormais ? demande-t-il.

— Tu aurais dû en faire autant.

— Demain, on est samedi. Viens.

Son expression résolue l'effraie.

— Pourquoi, Diego ? J'ai sommeil.

Diego la prend par la main avec une autorité sans réplique et l'entraîne vers la cage d'escalier, où il la plaque contre le mur et l'embrasse. Morgana est prise de vertige. Les marches en béton montent et descendent froidement. Sous la lumière crue et lustrée, Morgana voit les yeux fébriles et distants de Diego, comme s'ils se posaient sur une étrangère. Elle sent l'âpreté de sa barbe naissante, la témérité de sa langue dans sa bouche. Elle se rappelle que quelques heures plus tôt, Sophie fredonnait une chanson dans l'ascenseur. Elle se rappelle son optimisme, sa confiance d'être trois, et elle a l'impression que depuis lors une vie entière s'est écoulée.

— Diego, regarde-moi. Pourquoi fais-tu cela ? lui demande-t-elle quand il la lâche pour lui enlever sa chemise de nuit d'un geste brusque. Pourquoi ? répète-t-elle d'une voix étouffée.

Mais elle ne peut lui résister, le pouvoir de Diego est absolu.

Il y a une solitude profonde dans leurs gestes. Mains crispées, muscles vibrant de désir et de peur. Le mur la meurtrit, ses assauts aussi, qui cherchent à la briser. Elle imagine les pupilles de Diego errant dans les siennes comme deux naufragés. À la fin, chacun enfouit ses gémissements au fond de son corps pour ne pas atteindre l'autre. Ils restent quelques instants immobiles, le dos au mur.

— Tiens, pour que tu puisses rentrer chez toi, dit soudain Diego sans la regarder.

Il lui donne la clé, descend l'escalier et disparaît de sa vue.

Elle avance au fond du couloir et sent un froid métallique. Elle entre dans son appartement à l'instant où les larmes se mettent à glisser sur les joues, le menton, le cou. Elle a les jambes lourdes, son ventre aussi. Au loin, les sirènes se sont mises à hurler.

UNE RAFALE DE VENT FROID

C'est un matin tempéré de février. Dans l'avenue, les microbus avancent lentement, chargés de passagers qui se rendent à leur travail. Morgana a quelques minutes de retard et en voyant Diego devant la porte de l'immeuble, elle est abasourdie. À l'évidence, il y a un bon moment qu'il l'attend. Depuis quelques semaines, depuis l'épisode de l'escalier, il l'évite. Morgana était restée jusqu'à une heure avancée de la nuit chez Sophie pour le revoir, elle avait même essayé de le croiser le matin, comme au début de leur relation, mais il s'était arrangé pour ne pas la croiser. Cependant, maintenant qu'il est devant elle, se découpant sur un ensemble d'édifices bas, elle ne sait plus si elle est triste ou furieuse. Sa présence lui manque, mais en même temps, elle éprouve répulsion et mépris. Cet homme qui l'a évitée lâchement n'est pas le Diego dont elle est tombée amoureuse, pas l'homme qui chaque matin, bravant tous les obstacles, venait se coller contre elle et lui faire l'amour.

— Salut, articule-t-il.

Sous sa veste, il porte une chemise grise dont l'opacité assombrit encore son visage. Le coin des yeux et des lèvres s'affaisse, une expression grave et lointaine déferle sur Morgana comme une rafale de vent froid.

— Il y a quelque chose que je veux te dire, déclare-t-il d'un ton grave.

Sa distance masque mal son agitation.

D'un geste fébrile, elle noue ses cheveux sur la nuque. Le macadam luit dans l'air du matin.

Où est cette énergie presque physique qui émanait de l'un et de l'autre, ce pont invisible qui les reliait ? Le souvenir de ses bras, de son avidité à la posséder il y a quelques semaines à peine, la blesse. Ou bien elle a été aveugle, ou bien Diego est un imposteur.

— Je te dois une explication, dit-il.

Il lui déclare calmement, sans être avare de mots, qu'il est arrivé à un point où il ne se reconnaît plus lui-même. Il est allé trop loin. Non seulement il a trompé la confiance que Sophie a en lui, mais la sienne aussi. La situation lui a échappé, il a eu un comportement qu'il ne se serait jamais permis auparavant, qui transgresse même les limites de la décence et de l'honneur, comme cette dernière rencontre où il l'a traitée avec rudesse et violence. Il lui demande pardon ; son incapacité à établir des limites devant elle, ajoute-t-il, le met dans une position vulnérable, ce qui est insupportable, et pour toutes ces raisons il vaut mieux qu'ils cessent de se voir. Pendant qu'il parle, qu'il prononce chacun de ces mots, Morgana voit ses yeux la regarder, à demi fermés, avec l'air de contempler la trace d'un objet précieux qu'on a perdu.

OÙ ELLE DOIT ALLER

Tard dans la nuit, Sophie l'appelle, victime d'une insomnie. Elles savent toutes les deux que celles-ci se multiplient à l'approche de son exposition. Bien que Carmen Waugh, la galeriste, ait bon espoir, Sophie a peur d'exposer son travail devant le monde qui, elle en est sûre, n'attend que cet instant pour la démolir. Au lieu de descendre, pour la première fois Morgana demande à son amie de monter chez elle.

Cette nuit, Morgana aussi a besoin de Sophie. Elle se retourne dans son lit, attendant que le sommeil apaise son inquiétude. Dans la soirée, son père l'a appelée. Un groupe de jeunes, visages masqués, attendait sa mère à la sortie du salon de coiffure, ils l'ont suivie jusque chez elle en lui criant qu'elle était une tueuse franquiste. Pris de peur, ils ont décidé de partir. Elle aurait voulu lui dire que ses amis les plus chers étaient victimes d'agressions beaucoup plus sérieuses, mais comment lui parler de Diego sans mettre à nu ses sentiments ?

Elle n'a sans doute jamais autant pleuré que ces dernières semaines. Peut-être pleure-t-elle aussi pour d'autres raisons, pour des chagrins enfouis. Néanmoins, un sentiment de résignation se juxtapose à la colère et à l'affliction. Diego avait peut-être raison, leur histoire était une liaison impossible.

Depuis ce matin devant son immeuble, elle ne s'est plus jamais retrouvée seule avec lui. Cela remonte à près de trois semaines. Les rares fois où ils se sont revus, ils se sont salués sobrement, mais même si elle veut sonder ses yeux et découvrir ce qu'ils dissimulent, elle a du mal à le regarder en face. Parfois, sans le toucher ni le regarder, elle ressent encore des bouffées de désir. Mais Diego reste sur ses positions et elle ne cherche pas à s'imposer.

— Viens, entre vite, il fait froid, lance-t-elle à Sophie en la voyant sur le seuil, une couverture sur les épaules.

Dans le couloir, quelqu'un ouvre une porte et la referme. Morgana prend son amie par la taille et l'emmène dans sa chambre.

— Toi non plus, tu ne dormais pas ?

Morgana secoue la tête.

Dans le lit, la chaleur du corps de Sophie l'apaise. Elle l'écoute respirer. Elles ont laissé la lumière allumée. Les craintes de Sophie ont redoublé depuis qu'on a barbouillé leur porte. Maintenant, elle a peur du noir.

Toute petite, Morgana avait déjà compris que le bonheur, en dépit de son apparence ouverte, est un état qui exclut. Impossible de franchir les murs que celui-ci élève autour de lui. En revanche, le malheur est une membrane fragile qui attend d'être imprégnée par l'autre. Sophie l'attirait, parce qu'elle avait l'air désemparée.

— Mes parents ont décidé de retourner en Espagne. Ils ne veulent plus vivre dans ce pays. – Sa voix douce résonne dans le silence étouffant de la nuit ; Sophie se retourne et essaie de la voir. – Ce sont des lâches.

— Ne les juge pas aussi durement, *mignonne**.

— C'est la vérité.

En réalité, en combattant les arguments de son père qui voulait la convaincre de partir avec eux, une part d'elle-même rêvait de les suivre. Elle avait envie de se blottir dans ses bras, d'être bercée, comme lorsqu'elle était petite. Ils évoquèrent ensemble les poèmes de Gil de Biedma qu'il l'obligeait à apprendre par cœur. Manuel avait toujours tenu à ce que Morgana n'oublie pas la guerre. L'histoire de ce pays du bout du monde sera-t-elle encore plus triste que celle de l'Espagne ? se demande-t-elle. Oui, elle pourrait partir loin de Diego, loin de la colère et du chagrin. N'est-ce pas l'occasion de l'enterrer à jamais ? L'idée grandit et l'illumine.

La respiration de Sophie est plus régulière. Elle regarde son orchidée qui se profile sur le mur. Les fleurs oscillent doucement. On dirait qu'elles prennent leurs aises pour discuter. Quelques-unes ont déjà perdu des pétales qui tombent en silence sur la nappe. Bientôt il n'en restera plus. La fleur presque nue lui rappelle sa peur de disparaître, cette peur qui l'a poursuivie depuis son enfance et dont elle s'est défendue en évitant toute forme de véritable amitié et d'engagement. Soudain, la joie éphémère qu'elle éprouvait à l'idée de partir se dissipe. Morgana doit rester, si elle ne veut pas disparaître complètement. Elle comprend maintenant : ce n'est pas l'amour de Diego qui la sauvera de la perte, mais la force de sa détermination. Elle lève les yeux. Une petite étoile brille entre les immeubles voisins.

— Allons, ma fille, il faut dormir, se murmure-t-elle.

Elle prend Sophie dans ses bras, entend la mélodie d'une *ranchera* dans un appartement voisin, des sirènes éloignées, le rugissement du fleuve, les casseroles insomniaques et leur boum-boum guerrier, les aboiements et les moteurs fatigués des automobiles qui fendent la nuit. La ville ne cesse jamais de bouger, avançant vers un avenir incertain, peut-être vers le monde heureux de Diego, personne ne peut le savoir, mais une chose est sûre, elle va rester ici pour l'accompagner, cette ville, jusqu'où elle doit aller.

QU'ALLONS-NOUS FAIRE ?

À peine la lumière a-t-elle teinté le ciel que le téléphone sonne. Morgana se lève en sursaut et se précipite, les yeux bouffis. Au salon, elle trébuche sur un tabouret. À l'autre bout du fil, la voix de Sophie :

— Morgana, tu es là ?

— Tu ne peux pas dormir ?

Morgana se frotte les yeux et s'étire. La rosée de la nuit marmonne encore derrière les vitres. Sophie répond du bout des lèvres.

— Il y a un problème ? demande Morgana inquiète.

— C'est Diego.

— Allons, Sophie, de quoi s'agit-il ? Tu me flanques la trouille.

— On l'a attaqué.

— Mais où est-il ? Que s'est-il passé ?

— On l'a attaqué hier soir quand il sortait d'une réunion chez un camarade. On l'a roué de coups dans une camionnette et on l'a balancé devant la maison.

Sophie reprend son souffle. Morgana l'entend pleurer.

— Comment va-t-il ? Allons, dis-le-moi.

— On l'a trouvé gémissant et presque inconscient ce matin à côté du garage. C'est horrible.

— Mais enfin, comment va-t-il ?

— Il vient d'entrer en salle d'opération. Nous sommes à la clinique Santa María.

— Tu es seule ?

— Paula est avec moi.

— J'arrive.

Paula et Sophie attendent Diego dans la chambre de la clinique. Un crucifix en bois est suspendu au-dessus du lit vide. Paula est dans un fauteuil, elle porte une perruque courte et brune qui souligne ses traits accusés, elle ressemble à une existentialiste française. Sophie tourne en rond, silencieuse, les yeux baissés. En voyant Morgana, elle se précipite dans ses bras. Elles sont oppressées, au bord des larmes.

— Nous savons déjà qu'aucun organe vital n'est atteint, dit Paula.

— Bonjour, lui dit Morgana sans lâcher Sophie. Vous savez autre chose ?

— Guère plus, on nous a demandé d'attendre.

À mesure que passent les heures, le couloir redouble d'activité. La journée s'installe. Paula va chercher du café, qu'elles boivent en silence. À la fenêtre, on ne distingue pas la lumière qui fait briller les choses. Les arbres de la cour sont encore nus. Morgana a froid. Ainsi regardé, l'automne semble avoir pris de l'avance. Paula va aux nouvelles.

— Qu'allons-nous faire ? souffle Sophie.

Le désarroi de sa question la désarme, mais lui rappelle aussi qu'un jour Diego, Sophie et elle avaient été un trio indissoluble.

— Il va s'en sortir, *mignonne**. En attendant, tu restes avec moi. Nous n'allons pas nous quitter d'une semelle, déclare-t-elle en caressant ses cheveux sous le regard attentif de Jésus sur la croix.

Paula revient sans informations supplémentaires. Personne n'a pu lui dire ce qui se passait dans la salle d'opération. Un jeune docteur ouvre la porte et les trois femmes se lèvent d'un bond.

— Excusez-moi, j'ai dû me tromper de chambre.

Retour au silence et à l'attente. La lumière est blanche, sans pitié pour les signes de fatigue qui s'impriment sur les visages. Les cloches d'une église voisine sonnent les heures. De temps en temps, Morgana serre Sophie dans ses bras et lui dit que tout va bien aller, mais Sophie est crispée, ses yeux sont rivés sur un point vague du sol.

À midi, une infirmière apporte un bouquet de fleurs. Avec une carafe d'eau trouvée dans la salle de bains, Morgana improvise un pot. Paula apporte des sandwichs qu'elles grignotent à peine. On apporte des nouvelles de Diego. On l'a opéré du genou. Il met trop longtemps pour sortir de l'anesthésie. Sophie se rappelle quelqu'un qui ne s'est jamais réveillé. Morgana et Paula lui conseillent de chasser ces idées noires.

Dans l'après-midi, la porte s'ouvre et deux infirmiers entrent avec un brancard. Diego a les yeux fermés. En le voyant, Sophie plonge le visage dans ses mains. Il a un gros bandage autour de la tête, un pansement sur la joue gauche, le visage défiguré par les hématomes et les contusions, un bras en écharpe, et l'autre, aussi long et fin qu'une branche de bouleau, repose sur le drap blanc.

Sophie s'approche de Diego et l'embrasse sur le front.

Diego ouvre les yeux et émet un gémissement presque inaudible. Paula s'approche et tend l'oreille.

Morgana aimerait le serrer contre elle, mais elle se contente de lui prendre la main. Elle sent ses doigts trembler. Le bouquet de fleurs dégage un parfum trop fort. Diego referme les yeux et la force minuscule avec laquelle il a serré ses doigts se relâche.

— Nous allons le ramener, n'est-ce pas ? demande Sophie et sa voix se brise.

— Il est fatigué, Sophie. Dans quelques jours il aura récupéré, tu vas voir, la rassure Paula, paisible, aussi droite que les fleurs dans leur pot improvisé. Maintenant que Diego est revenu, je vous laisse, ajoute-t-elle. Je repasserai dans deux heures. S'il y a quoi que ce soit, tu as mon numéro au bureau, Sophie.

Quand Paula referme la porte, Diego entrouvre les yeux et les referme. Un silence lugubre s'installe.

— Qu'allons-nous faire ? demande encore une fois Sophie. Et ses mots restent en suspens, comme des particules de plomb.

TOI AU STERNUM

En l'aidant à se maintenir au-dessus de la cuvette pendant que Morgana vomit un liquide jaunâtre, se plie en deux et ferme les yeux dans une grimace de douleur, Sophie lui demande si elle est enceinte. Elles ont dû traverser précipitamment la galerie, entre les cages et les rubans de poèmes suspendus, pour aller aux toilettes.

Les jambes de Morgana fléchissent et Sophie l'aide à se mettre à genoux sur les carreaux froids, devant la cuvette. Une ouverture dans le plafond dessine un petit rectangle de lumière. Après un nouveau spasme, un filet ocre dégouline dans son cou, dégageant une odeur acide. Le reflet d'un visage allongé et fébrile les regarde, dans son encadrement.

— Non, je ne suis pas enceinte, se hâte de répondre Morgana en s'essuyant la bouche d'un revers de main.

Les larmes atteignent la commissure des lèvres et se mélangent à la matière que son geste n'a pu enlever.

— Tu veux qu'on rentre, *mignonne** ? L'inauguration, je m'en fiche, franchement. Nous disons à Carmen que nous ne pouvons pas rester, point final.

— Tu es folle. Laisse-moi souffler un moment, ça va aller mieux. – Morgana se redresse, rabaisse le couvercle des W.-C. et s'assied dessus. – Tu vois, ça va déjà mieux.

— Tu as une mine de déterrée. On dirait un spectre. Un fantôme.

— Le fantôme de la liberté, dit Morgana en essayant de rire.

Sophie est persuadée que Morgana ment. La dernière fois qu'elles ont dormi ensemble, elle a senti ses seins gonflés et vu ses mamelons plus sombres. Et elle a l'expérience de sa mère. Cette grossesse qu'elle avait toujours voulu cacher, mais que Sophie, à treize ans, avait aussitôt identifiée. Les vertiges, les vomissements, les yeux cherchant toujours à cacher les larmes. Un matin, sa mère la déposa chez une amie et revint la prendre deux jours plus tard, encore plus maigre. Les vomissements et les vertiges disparurent. Quelque chose aussi chez sa mère s'estompa, peut-être les dernières attentes d'un amour fou. Maintenant, elle vit avec le père de cet enfant qui n'est pas né, une relation que Sophie ne comprend pas, pleine de rites inutiles auxquels sa mère s'accroche comme si sa vie en dépendait.

Un nouveau spasme. Assise sur le couvercle, Morgana est pliée en deux, mais rien ne sort.

— Je suis vidée.

— Sûrement pas, affirme Sophie en la prenant par le menton pour l'obliger à la regarder dans les yeux. Sûrement pas, *mignonne**.

— Qu'en sais-tu ?

Ce geste de Sophie, cette façon de la prendre par le menton et de la regarder dans les yeux, l'a prise de court.

— Dis-moi la vérité, Morgana, je t'en prie. Je veux savoir. Si je me trompe, tant mieux, mais tu me la dois, nous sommes amies, non ? insiste Sophie.

— Oui. C'est vrai.
— Combien de mois ?
— Trois.
Elle est toujours assise, la tête baissée, les yeux fixés sur le carrelage et les résidus de nourriture qui n'ont pu arriver à destination. Sophie revient à la charge :
— Veux-tu que je te pose les questions habituelles ?
Morgana se frotte les yeux avec ardeur avant de répondre :
— Qui est le père et si je veux le garder. Alors, la réponse est je ne sais pas et je ne sais pas.
— Diego peut nous aider, ma petite *mignonne**, balbutie Sophie.
Morgana se redresse brutalement. Hors du cône de lumière, elle se lave les mains et la figure.
— Je t'interdis d'en parler à Diego. Ça ne le regarde pas, tu entends ? Elle lui lance un regard sévère dans le miroir. Maintenant, vas-y, je te rejoins. Elle reprend son souffle, esquisse un sourire, mais son expression reste implacable. Promets-moi de ne rien lui dire. Sophie hoche la tête. Tu es ravissante, vas-y, les premiers invités ont déjà dû arriver.
Le buste toujours droit de Morgana semble cassé en deux. Sophie ne veut pas la laisser seule, mais elle sait qu'il est impossible de s'opposer à la volonté de fer de son amie.
Dans la salle, elle tombe sur des dizaines de personnes qu'elle ne connaît pas. Elle a dû rester dans les toilettes plus longtemps qu'elle ne le croyait. Mais elle est soulagée. Carmen Waugh redoutait que personne ne vienne à l'inauguration. Ce même soir, dans le centre-ville, une marche de travailleurs a fermé les principales voix d'accès. Diego discute avec un jeune couple. Paula l'accompagne. Il a encore des béquilles

et on voit encore sur son visage les hématomes et la blessure à la joue. Elle avance vers eux, mais Carmen Waugh l'intercepte. Elle tient à lui présenter Untel et Untel, les critiques X et Y, Mme A et Mme B, le mécène qui vit à l'écart, dans les montagnes, et qui a renoncé à son isolement uniquement pour faire sa connaissance, le photographe des banlieues avec une barbe de trois jours qui lui lance des regards lourds de sous-entendus, elle rencontre aussi R., une artiste sans âge qui lui dit qu'elle récupère de vieux débris, des déchets, comme elle. Devant son visage fané où elle voit poindre la jalousie, Sophie se dit qu'elle aurait peut-être dû commencer autrement, parce qu'elle ne veut pas finir comme R. Et la peur l'habite de nouveau. Les voix s'imposent aux voix, et dans son corps le silence au silence. Devant la cage d'Altazor, hommage au poète Vicente Huidobro, elle lit la longue banderole de soie secouée par la marée humaine, et répète intérieurement : "Que sont tes nausées d'infini et ton ambition d'éternité ?" Son regard se pose sur une fenêtre ouverte aux lumières estivales de la rue, un orifice par lequel elle aimerait s'enfuir à tire-d'aile. "Tombe en enfance, tombe en vieillesse, tombe en larmes, tombe en rires." Les mots que Morgana lui a offerts se mêlent à ceux qu'elle entend dans la salle, ils approchent en silence, bouches multiformes qui tentent de l'engloutir. Elle veut retourner aux toilettes, auprès de son amie. Elle imagine l'amas de cellules qui s'harmonisent à l'intérieur de Morgana pour devenir humaines, les mitoses, les méioses, toi tu vas au foie, toi au sternum, toi, à l'iris, toi à la colonne vertébrale. Elle n'aurait jamais dû accepter que ses cages soient suspendues au milieu des plateaux de petits-fours. Elle n'aurait jamais dû les exposer à ces regards qui passent en rase-mottes au-dessus des mille détails des mondes qu'ils renferment, ces yeux qui regardent sans voir les enchevêtrements et les matériaux qu'elle a obstinément cherchés, avant de trouver un lieu unique et irremplaçable pour eux dans les structures des cages et dans son cœur.

Diego s'approche d'elle et de son groupe. Sophie a peut-être parlé à son insu pendant tout ce temps, car les langues, les oreilles et les yeux l'entourent, l'observent, la questionnent, se demandant sans doute d'où sort cette artiste si jeune dont personne n'avait entendu parler, et qui soudain expose dans la galerie la plus prestigieuse de Santiago.

— Et Morgana, où est-elle ? demande Diego.

— Aux toilettes. Elle avait des douleurs d'estomac, il semblerait qu'elle ait mangé quelque chose qui ne passe pas. Mais elle ne va pas tarder à revenir, elle se sent mieux.

Quel dommage d'être obligée de mentir à son père. Et Morgana qui ne lui fait pas confiance ! Mais ces derniers temps elle a remarqué une certaine distance entre eux deux. Une distance qui, elle en est certaine, est passagère. Elle aperçoit Camilo qui, étranger à la foule, une besace à l'épaule, regarde une de ses cages d'un air songeur. Il recule de trois ou quatre pas, s'arrête et regarde à nouveau. On dirait qu'il essaie de démêler une devinette. Sophie se dit que Camilo est le seul à regarder les cages.

— Permettez ! s'excuse-t-elle en se frayant un passage jusqu'à lui.

Elle le surprend par-derrière et Camilo sursaute.

— Je n'allais pas rater un événement de cette envergure, réplique-t-il avec son bégaiement habituel.

Il l'embrasse sur la joue et réajuste sa besace, mal à l'aise.

— Tu aimes ? demande Sophie.

— Elles sont très chouettes, Sophie. Tu connais Caldas ? Et sans attendre sa réponse, il poursuit sur un ton doctoral : Il aspire à produire un art avec un maximum de présence et en même temps un maximum d'absence. C'est l'effet que me produisent tes cages. C'est bizarre, elles sont pleines de matériaux et de textures, mais elles distillent la solitude, conclut-il sans avoir bégayé.

— Et d'où tu sors ça ?

Camilo émet un ricanement énigmatique et, d'un air tout content, il réplique :

— Ah, tu crois que tu es la seule à tout savoir ?

— Sophie ! l'appelle Carmen Waugh.

Elle est avec un homme dont les yeux la regardent, à travers une forêt de cheveux et de barbe.

— On se revoit bientôt, d'accord ? dit Sophie.

— Absolument ! réplique Camilo avec sa conviction toute nouvelle. Quand Sophie se retourne, elle le voit debout, qui la regarde, et elle reconnaît en lui sa propre nature.

ORPHELINE

Avant que ses parents retournent en Espagne, Morgana a voulu passer la dernière soirée avec eux et, mieux vaut tard que jamais, leur présenter Sophie. Elle est la seule personne à connaître son secret.

Après le dîner, elles prennent le café dans le salon. La plupart des meubles sont déjà partis et les voix résonnent dans des espaces vides. Mais en dépit de ses efforts, depuis que sa grossesse a été confirmée, elle ne parvient plus à fixer son attention. Tout pour elle est trop loin. Si elle essaie de penser, de prendre une décision, d'imaginer l'avenir, sa tête s'évade et s'obscurcit, son cœur palpite et sa respiration s'accélère. Parfois, cependant, sa conscience est fascinée par ce mystère à la fois doux et terrifiant qui se cristallise dans ses entrailles.

Comme elle ne peut se lâcher devant ses parents, elle se ressaisit et raconte que Sophie vient d'inaugurer sa première exposition et qu'elle a reçu l'approbation unanime de la critique. L'idée de leur annoncer son état lui semble aussi étrange que celle d'aller sur la lune. Ce qu'elle souhaiterait, parfois. Sortir d'elle-même. Se détacher de son corps, de cette carcasse, et s'enfuir.

Morgana observe attentivement ses parents. Elle cherche une dernière image. Le portrait qu'elle gardera de chacun d'eux. Ce n'est pas un adieu définitif, mais les silences expriment une sorte de tension, comme s'ils allaient exploser d'un instant à l'autre ou lâcher une matière inconnue qui marquerait ces instants de façon indélébile.

Les bruits du jardin entrent lentement. Ils semblent venir de loin et s'installer au milieu d'eux. Sa mère tient sa tasse, le regard dans le vague. Morgana contemple ce regard perdu, sa propreté provinciale. Ses yeux sont noyés de larmes, mais elle doit contrôler ses sentiments. Ce n'est pas le départ de ses parents qui lui fait mal, mais le sentiment d'être orpheline. Elle a décidé de rester et elle sait que cette décision l'isole. Paradoxalement, Diego, la seule personne qui pourrait l'aider, est la dernière avec qui elle aurait pu partager son désarroi et son chagrin.

Le visage de son père n'exprime aucun sentiment précis. Ses mains reposent sur les accoudoirs du fauteuil, des mains tranquilles, sillonnées de rides parcheminées. Néanmoins, ses genoux dénoncent son état en s'entrechoquant avec un bruit étouffé. Le chant d'un oiseau monte du jardin.

— C'est une litorne. Je la reconnais. Elle est tous les soirs sur la terrasse, observe sa mère d'un air nostalgique.

— Allons, maman, ne me dis pas que les litornes vont te manquer !

— Qu'est-ce qui pourrait me manquer dans ce pays, à part toi ? Son gouvernement communiste ? Bientôt, les camionneurs vont se remettre en grève et le pays n'aura plus rien à manger.

Sophie regarde fixement une petite cuiller sur le plateau. D'un air égaré, elle se tourne vers Morgana, qui sait qu'elle cherche un objet brillant dans lequel se réfugier. Du regard elle la guide dans un recoin où une jarre en cuivre émet ses éclats fragiles.

— Maman, ce sont les camionneurs qui ont paralysé le pays, pas le gouvernement, dit Morgana, et elle se rend compte qu'elle a haussé le ton.

— Tu parles de ce pays comme s'il était le tien, dit Elena.

Son expression s'est assombrie. Elle lève le menton et regarde par la fenêtre.

— Il le devient, déclare Morgana fermement.

— Morgana, tu viens avec moi une minute ? interrompt son père sur un ton qui s'impose aux autres voix.

Il quitte son fauteuil et son grand corps voûté s'engage dans le couloir sans attendre la réponse.

Les yeux de Sophie sont toujours fixés sur la jarre en cuivre.

— Sophie, demande à maman de te montrer ses roses.

— Ne t'inquiète pas, ta mère et moi nous avons beaucoup de choses à nous dire, réplique Sophie d'une voix assurée, mais Morgana a repéré les minuscules taches rouges qui apparaissent dans son cou.

Son père l'attend, le front haut, sur l'unique chaise en bois de son bureau vide. Sur ses genoux, un livre en mauvais état sur lequel il a posé les mains à plat, l'une sur l'autre. Malgré le déménagement, la pièce a gardé la marque de son père. Morgana se rappelle les gravures, le tableau de Nicolas de Staël, le bureau en acajou et les centaines de livres qui recouvraient les murs. Des objets qui l'ont accompagnée depuis qu'elle a l'usage de la raison, et qui évoquent une vie confortable, une moralité intransigeante associée au désir de prendre de l'importance grâce à la connaissance et à la contemplation de la beauté. Le chant de la litorne s'est éteint. Éclairées par les projecteurs du jardin, les couleurs de l'automne se montrent à la fenêtre.

— J'aurais aimé qu'aujourd'hui, le dernier jour, vous ne vous disputiez pas.

— Moi aussi, mais on dirait que c'est inévitable. J'en suis vraiment désolée, papa.

— Ce n'est pas pour ça que je t'ai dit de venir ici. Regarde, j'aimerais que tu gardes ça, dit Manuel en lui tendant l'exemplaire de *Chant funèbre pour Ignacio Mejías*, qu'il lui lisait quand elle était petite. Tu me le rendras quand tu viendras sur l'île. Comme ça, je suis sûr de te revoir.

Morgana serre son père dans ses bras. Elle sait que ce livre est son objet le plus précieux. Pendant qu'elle engrange la chaleur de son étreinte, elle éprouve le besoin de lui communiquer son secret. Son cœur bat à tout rompre. Elle ne peut garder tout cela pour elle.

— Manuel – elle entend la voix de sa mère derrière la porte –, tu as un appel de l'ambassadeur.

Son père se lève et l'embrasse sur le front. Morgana prend le livre et chuchote :

— J'en prendrai soin autant que toi. Tu verras, bientôt nous le relirons ensemble.

En prononçant ces mots, en le voyant sortir du bureau, Morgana sent la tristesse obscurcir son âme.

MIROITEMENTS DE L'EAU

C'est une de ces matinées limpides où les sommets de la cordillère sont glacés et où les flancs semblent si proches qu'on voit les tirets verticaux des arbres. Morgana entend la sonnette, se lève et, inquiète, allume une cigarette. Depuis que Diego a été agressé, elle prend souvent peur. Dans l'entrée, prudente, elle demande qui est là.

— C'est moi, dit la voix de Diego. Tu peux m'ouvrir ?

Son cœur fait un bond. Que veut-il ? Pourquoi, après l'avoir évitée pendant trois mois, est-il maintenant derrière sa porte ?

Ils sont plantés l'un en face de l'autre, comme deux étrangers qui attendent l'arrivée de la personne chargée de les présenter. Diego jette un coup d'œil à la ronde. Il n'a plus son plâtre, mais il boite encore et les blessures sur son visage ne sont pas guéries. Jamais auparavant ses cernes n'ont paru aussi profonds. Morgana aspire une bouffée de sa cigarette et croise les bras.

— Pardonne-moi, dit-il.

C'est tellement inattendu qu'elle ne ressent aucune émotion. Combien de fois a-t-elle rêvé que Diego se glissait dans ses draps et lui disait ces deux mots à l'oreille ?

— Pardonne-moi, Morgana, répète-t-il.

Il ressemble au guerrier vaincu qui tente un dernier sursaut de dignité. Morgana tourne la tête et passe la main sur son cou, elle cherche son centre.

— Pouvons-nous prendre un café ? demande-t-il.

À la cuisine, après avoir mis l'eau à chauffer, elle a des nausées. Elle s'accroche au buffet en entendant Diego arpenter le salon d'un pas nerveux.

— Tout va bien ? lance-t-il.

Voilà qui l'impressionne : il a gardé le don de deviner ses émotions.

Ils prennent le café à la salle à manger, face à face.

— Morgana, dit soudain Diego en posant doucement sa main sur la sienne. Je n'ai jamais voulu te faire de mal.

— C'est tout ?

— Non, ce n'est pas tout, dit-il, son regard paille fixé sur elle. Je n'aurais jamais dû laisser les choses aller aussi loin. Cette soirée chez le sénateur, tu l'as fait pour moi, je le sais, et de nouveau je te demande pardon. Je n'aurais jamais dû te laisser y aller, je n'aurais jamais dû te laisser seule.

Morgana secoue la tête pour essayer de chasser les pensées tristes qui l'envahissent. Elle voudrait palper son ventre, mais elle se retient. Un silence flou s'instaure, on entend le faible gémissement de l'ascenseur.

— Tu ne veux pas me parler d'une chose qui nous concerne peut-être tous les deux ? dit enfin Diego.

— Tu sais quelque chose que je ne sais pas ?

— Je sais quelque chose que tu sais aussi.

— Je t'écoute, aventure Morgana.

— Il y a quelqu'un ici, déclare-t-il en posant le bout des doigts sur son ventre.

— Tu es fou.

— C'est Sophie qui me l'a dit.

— Et même si c'était vrai…

Morgana a noué ses cheveux, les mains tremblantes, mais le chignon ne tarde pas à se défaire.

— Si tu voulais garder cet enfant, tu me rendrais heureux.

— Tu ne parles pas sérieusement, réplique Morgana lentement, en mordant chaque mot.

— Je parle très sérieusement.

Sa voix ferme se brise. Il allonge le bras et parcourt avec douceur le profil de Morgana, caresse ses lèvres, s'immobilise, croise les mains et y pose le menton sans la quitter des yeux.

— Je t'aime, Morgana.

Elle plante son regard dans le sien, espère désespérément y trouver ce qu'ils cachent. Dès l'instant où Sophie lui a révélé son secret, Diego a dû prendre le temps de réfléchir, d'évaluer la situation et d'en mesurer posément les conséquences. Mais elle ne pourra jamais savoir quelle fut sa première réaction, jamais reconstituer le fil de ses pensées, des réflexions qui l'ont mené à l'endroit où il se trouve maintenant. Il se tait, les yeux cloués sur elle, inquisiteurs.

Soudain monte en elle cette rage qui l'a hantée ces dernières semaines. Elle prend une cigarette, craque une allumette et se brûle les doigts. Elle secoue la main, comme si elle ouvrait un éventail.

— Tu t'es fait mal ?

— Ce n'est rien, réplique Morgana. Elle aspire vite deux bouffées. Tu crois que tu peux arriver, me dire que tu m'aimes, tout effacer et recommencer à zéro ?

— Je sais que ce que je te demande n'est pas facile.

— Et tu espères et que je vais de nouveau te faire confiance, Diego ?

— Réponds au moins à cette question : as-tu jamais senti mon amour ?

— Je ne sais pas, dit-elle en esquivant son regard.

Les yeux fixés sur le mur, elle finit sa cigarette.

— Je t'en prie, réfléchis bien.

— Oui, je l'ai senti, dit-elle en écrasant sa cigarette dans le cendrier.

— Cet amour, Morgana, il est maintenant massif, absolu. Je t'aime, je veux partager ma vie avec toi et avec cet enfant.

Morgana reste tête baissée, silencieuse. Elle se rappelle que lorsqu'il entrait dans son lit, elle mêlait ses pieds aux siens, prenait sa main, y entrelaçait ses doigts à la hauteur de sa poitrine. Elle entendait sa respiration retrouver son rythme paisible, et elle se rendormait.

— Pourquoi as-tu changé d'avis, pourquoi tu crois en nous, maintenant ?

Tout ce temps, elle s'était dit que si Diego apprenait sa grossesse, il s'éloignerait encore plus.

— Je te l'ai déjà dit, Morgana, je t'aime, dit-il, ses yeux paille dans les siens. Je vais le dire à Sophie. Je vais tout lui raconter.

— Je ne te crois pas, c'est impossible, murmure Morgana d'une voix faible.

— Je ne t'ai jamais menti, tu ne peux pas me reprocher ça.

— Ça pourrait être la première fois.

— Je parle très sérieusement. Je veux cet enfant. Je t'aime et Sophie va devoir l'accepter. Diego s'interrompt une seconde avant de reprendre : Je suis sûr qu'elle finira par le comprendre. Tout dépend de notre façon de lui présenter la chose. Sophie est une partie de cette histoire, une partie essentielle, et c'est ce que nous devons lui expliquer.

Morgana connaît bien les issues de secours de Diego, sa façon de pincer les lèvres, de fermer les yeux, ce fléchissement imperceptible de la voix, sa façon – pour gagner du temps – de ralentir et d'appuyer sur certains mots. Mais là, il n'hésite pas, et son regard a les miroitements de l'eau, ce qui l'incite à penser que ses mots sortent de cet organe qui palpite sous les côtes.

Une bouffée d'émotion l'envahit.

Elle n'aurait jamais cru que Diego dirait ce qu'il vient de dire. Elle ne doute pas de sa sincérité, mais ses sentiments basculent d'un extrême à l'autre. Une seconde de joie, suivie d'une seconde d'angoisse, un instant de clarté succède au désarroi, elle veut s'abandonner aux propos de Diego et la minute suivante elle plonge dans la méfiance, la rage et l'incertitude. Elle ne retient plus rien, tout lui échappe. En désespoir de cause, elle lui pose la question :

— Tu vas le lui dire ?

— Je vais le lui dire.

— Tu en es sûr ? insiste-t-elle, l'espoir au fond des yeux.

— J'en suis sûr, ma chérie.

LA SAINTE TRINITÉ

Diego dormait la porte ouverte, tout habillé, quand elle a quitté l'appartement. L'aube apportait ses premières pâleurs et la ville était toujours plongée dans ses rêves. Depuis, Sophie erre dans un Santiago désert. Elle attend Camilo devant la porte encore fermée de la papeterie et observe la rue pour ne pas penser. Les ordures débordent du caniveau et dégagent une odeur nauséabonde. Il y a aussi des relents d'urine et de tabac. Elle pense que la solitude est un refuge, mais qu'on n'y est pas plus à l'abri. Sur la terrasse du deuxième étage, une femme arrose ses géraniums rouges. Quelques gouttes tombent sur le macadam comme des larmes. Elle n'en a versé aucune.

Hier après-midi, quand Diego lui a parlé de l'enfant de Morgana, ses propos ont cheminé lentement jusqu'à sa conscience et quand ils l'ont atteinte, elle a mis du temps à les comprendre. Elle a cherché une surface brillante et l'a trouvée sur un dessin d'elle que Diego avait encadré. Voilà pourquoi elle l'a arraché du mur, a brisé le cadre contre l'angle de la table, déchiré la feuille et jeté les morceaux par la fenêtre. Ils se sont envolés en désordre, les uns se sont éloignés dans l'air et sont retombés, d'autres sont restés en suspension, comme s'ils hésitaient à la quitter, avant d'atterrir à ses pieds. Pendant ce temps, Diego essayait de la calmer. Elle ne se rappelle pas très bien ce qui est arrivé ensuite. Elle sait qu'à un moment donné Morgana est arrivée, chargée de provisions. Elle voulait faire la cuisine pour tous les trois. Pour "la sainte Trinité". Le père, la fille et le Saint-Esprit. Sauf que l'esprit était un composé de vagin, d'utérus, d'odeurs cachées qui favorisent la trahison ; et le père, le Saint-Père, n'avait pas hésité à exercer tout son pouvoir contre sa fille.

Elle s'assied sur le trottoir, sort de son sac un cahier à couverture noire et un crayon. Mais elle est incapable de tracer un trait. La réalité est devenue trop nette, elle la brûle, l'aveugle. Hier soir, tandis que Diego et Morgana ne cessaient de lui dire qu'ils l'adoraient, qu'elle était au centre de tout, que sans elle ils étaient perdus, qu'ils l'aimaient, l'aimaient, l'aimaient, pendant qu'ils la suppliaient de les écouter, elle comptait ses respirations et faisait mentalement la liste de ses battements de cœur, des grincements, des secondes. Quand Morgana et Diego l'ont enfin laissée aller dans sa chambre, elle a fermé sa porte à clé et passé la nuit assise sur son lit, en sachant que Diego ne dormait pas non plus, de l'autre côté de la cloison. Dans la nuit, de temps en temps il lui parlait, mais ses paroles se sont raréfiées et ont fini par disparaître. Sophie a attendu seconde après seconde l'arrivée du premier rayon de lumière, déplorant l'absence de l'étreinte protectrice de Morgana, de tout ce qu'elle savait perdu à jamais.

Elle ne sait pas depuis combien de temps elle est devant la papeterie. L'ombre d'un arbre sommeille à côté d'elle. Soudain une femme remonte le rideau de fer.

— Camilo ne travaille plus là, répond la femme à la question de Sophie. Vous êtes l'artiste, n'est-ce pas ? demande-t-elle en sortant un mouchoir de la poche de son manteau avec lequel elle s'essuie les mains.

— Sûrement, répond Sophie en haussant les épaules avec indifférence.

— Il nous a parlé de vous. Il a dit que votre art était… Elle hésite une seconde et reprend : Sublime. Ce sont ses propres termes. Mais je n'ai aucune idée de l'endroit où il travaille maintenant. Il paraît qu'il a trouvé un endroit où il est mieux payé.

Elle ressort. C'est un mois d'avril chaud et agité. Nuages, pigeons et bleu intense s'abattent sur elle. Les crocs du soleil l'entament. Elle veut oublier les derniers événements, mais elle est tellement obsédée par les mots que ceux-ci sont incrustés dans la matière morbide de sa cervelle. Elle entend son père. "Cet enfant est le mien. C'est la vérité. Tu l'aimes, elle. Je l'aime. Il n'y a aucune raison pour que tout change. Tout va continuer pareil. Nous sommes une famille. Tu es ma famille. Tu es ma fille. Tu le seras toujours." Elle se demande comment un homme aussi brillant a pu dire autant de sottises et de banalités en si peu de temps. Elle soupire et s'éloigne.

Sur la place Italia, elle tombe sur un groupe de manifestants au visage masqué, avec casque et drapeaux rouges. "Peuple, conscience, fusil, MIR, MIR, MIR", crient-ils en heurtant les syllabes, marchant au rythme sec de leur slogan. Sophie presse le pas. Les rues qu'elle emprunte lui semblent inconnues. L'étrangeté est partout quand on marche sans but.

Elle demande des cigarettes dans un kiosque. De l'intérieur sortent les sons d'une *ranchera*. L'homme penché à la lucarne minuscule lui dit qu'il n'y en a plus.

— Vous en êtes sûr ? lui demande Sophie sur un ton implorant.

— Dis donc, tu vis dans quel monde ? Tu ne sais pas que dans ce pays on n'a rien de rien ?

Sophie reste plantée devant le kiosque. Elle ne comprend pas très bien pourquoi. Elle sait seulement qu'elle a besoin de sentir la fumée lui racler la gorge. L'homme se plonge dans un magazine, mais gêné par la présence obstinée de Sophie, il le referme au bout de deux minutes, agacé.

— Bon, ma petite, voilà pour toi, dit-il en prenant sous son siège un paquet entamé. Et emporte ça en vitesse avant que je le regrette.

Sophie allume une cigarette et aspire une longue bouffée. Vers midi, elle a déjà fumé plus de la moitié du paquet. Elle déteste le bruit de la ville et la chaleur l'affaiblit. La poussière s'envole d'un monticule de terre – les traces de la construction du métro – et lui irrite les yeux. Dans une buvette, elle demande un café et va aux toilettes se rincer le visage et se laver les mains, les doigts d'abord, les paumes ensuite. Elle laisse couler l'eau. Ce contact frais et léger l'apaise. Elle repart. Sur la façade de l'Université catholique, une large banderole proclame : LE CHILI EST ET SERA UN PAYS LIBRE. Elle entend la voix d'un jeune homme dans son dos :

— Putains d'enfoirés de réacs, dit-il en crachant ses mots.

À trois heures de l'après-midi, elle est assise au bord du trottoir, devant chez Camilo. Elle a sonné plusieurs fois. Sans succès. Comme si elle frappait aux portes d'une ville qui lui était interdite. Elle attend, dessine des arbres, des feuilles, qu'elle efface aussitôt et déchire avec violence. Elle allume une autre cigarette. La fumée lui redonne le sens de l'espace et des lieux. Elle a un goût de cendrier dans la bouche.

À neuf heures du soir, elle voit arriver Camilo. Un couple vient de s'embrasser pendant une heure sous un réverbère. Leurs corps se lovent d'une façon très particulière, sans jamais abandonner la position verticale. Camilo est content et surpris de la voir. Il porte un costume noir, une coupe sommaire et trop grande, on dirait que ses membres sont articulés comme ceux d'une marionnette. Il ne pose pas de questions. Sophie le suit dans l'escalier. Ils recroisent la fille abondante en bras, jambes et tout le reste. Ni l'un ni l'autre ne la saluent. Sophie n'est venue ici que deux fois, quand elle a dormi avec lui, et un soir où ils ne se sont pas touchés. Pendant que Camilo grattait des accords sur sa guitare, elle, accoudée sur le rebord de l'unique fenêtre, regardait les charognards dans le ciel. Cette deuxième rencontre aurait pu être le début d'une routine, mais il n'en a rien été.

Dans la chambre de Camilo, l'affiche de *Yellow Submarine* a disparu. Camilo l'embrasse et la regarde, déconcerté par la saveur aigre de sa bouche. Il veut la caresser, mais Sophie ne veut pas de sa tendresse. Elle lui demande de baisser son pantalon. Sa voix a une dureté nouvelle, même à ses propres oreilles. Camilo obéit. Ils font l'amour, vite, avec fureur.

Après, elle saute du lit, enveloppe sa nudité dans un drap et allume une cigarette. Elle ne veut pas voir le visage de Camilo ni le trouble qu'elle lirait dans ses yeux. Par la fenêtre, elle aperçoit les toitures en tuiles et en zinc, les maisons éclairées. La nuit n'empêche pas un pigeon solitaire de sautiller sur une corniche et de picorer avec hargne, en émettant un cri de fer-blanc. Elle se recouche et se pelotonne dans un coin, sans bouger. Camilo l'imite, à l'autre extrémité. Au fond de la maison, on entend des cris et des rires qui s'atténuent et sombrent dans un silence fatigué.

*

Le soleil de midi fait une entrée agressive par la fenêtre. Camilo est à l'imprimerie, son nouveau travail. Quand Sophie lui a demandé si elle pouvait rester, en le priant de ne pas poser de questions, il l'a embrassée et il est parti. Il est revenu peu après avec un bol de café noir et un petit pain. Depuis, Sophie n'a pour ainsi dire pas bougé, le pain et le café, maintenant froid, sont par terre. Si elle essaie de penser, le poison qu'elle connaît bien mordille ses entrailles et se convulse au creux de sa poitrine.

L'après-midi, elle entend du mouvement dans la pièce mitoyenne. Quelqu'un crie :

— Vous allez la fermer ! Laissez-moi écouter !

À travers la cloison fine de la chambre, elle entend une voix métallique qui sort de la radio. Elle perd quelques phrases, mais apprend que deux mois après que les États-Unis ont signé les accords de paix, les dernières troupes américaines se retirent du Viêtnam du Sud. “Le président Nixon a réussi sa paix tant désirée avec honneur”, insiste le journaliste. Bientôt, les cris reprennent : “Fils de pute, assassin, de quel honneur tu parles ?” Et elle entend le groupe dévaler l'escalier comme un essaim de bourdons.

Un siècle auparavant, avant la trahison et l'effondrement, elle aurait arrosé l'événement avec Diego et Morgana. Au loin, elle entend des pleurs presque imperceptibles, lugubres. Elle comprend peu à peu que c'est elle-même qui pleure. Les larmes affleurent avec la force d'un prisonnier frappant les barreaux de sa cellule, les dents serrées, intimement persuadé qu'il finira par les briser tous, même s'il doit y laisser sa peau. Elle s'enfonce sous les draps et ferme les yeux.

LA CHALEUR DE L'AUTRE

Diego et Morgana, côte à côte, taciturnes, remuent leur désespoir comme une huile épaisse. Diego boite encore. Autour d'eux, les passants marchent d'un pas vif, d'autres s'arrêtent devant les vitrines.

Sophie a disparu. Rien ne s'est déroulé comme ils l'espéraient. Même si maintenant, après ce qui s'est passé, Morgana voit tout avec une lucidité extrême. Il était impossible que Sophie l'accepte. Pendant que Diego la prend par la main pour presser le pas, elle se dit qu'une seule chose a pu l'aveugler, c'est ce mot qu'elle n'ose nommer, ce petit mot de cinq lettres usées qu'elle a logées dans sa conscience, dans son cœur, créant pour elle un monde propre.

La sirène d'une ambulance avance dans l'avenue.

— Je déteste ce bruit, murmure-t-elle.

L'angoisse grandit. Diego presse sa main, comme si les pressentiments obscurs ne pouvaient s'exprimer qu'en silence.

Tôt ce matin, Diego a appelé Carmen Waugh pour lui demander si elle avait des nouvelles de Sophie ; depuis la semaine passée, a-t-elle répondu, elle n'avait pas mis les pieds à la galerie. Camilo reste son seul espoir, le seul fil qui pourrait les conduire à Sophie. Diego entre en boitillant dans la papeterie, Morgana l'attend dehors. La sirène de l'ambulance se perd dans les rues.

Elle a les yeux irrités. À force de pleurer, elle a mal aux côtes et aux poumons, toujours. Quand elle veille, s'endort, se réveille, retrouve le visage attristé de Diego et se blottit dans ses bras. Des pétales de géraniums rouges et de vieux papiers tourbillonnent entre deux voitures en stationnement. L'attente et l'impatience l'étouffent. S'il disparaissait à cet instant, elle se retrouverait au beau milieu de la rue, désorientée, sans savoir où aller. Dans cet ouragan, il est le seul point fixe. Mais l'expression égarée de Diego quand il sort à pas lents de la papeterie lui montre que lui aussi est perdu. Au loin, un coup de canon divise la journée en deux.

Au moins, ils savent maintenant son nom en entier, Camilo Herrera, que c'est un garçon avare de mots mais efficace, et que Sophie ce matin a cherché à savoir où il habitait. Ils se rappellent que Sophie a passé une nuit avec lui, cette première et seule nuit où ils ont fait l'amour dans l'appartement de Diego, la nuit des douze balles dans la peau. Un an et sept mois plus tôt. Ils n'ont d'autre trace de lui que le numéro de téléphone de l'employée par l'intermédiaire de laquelle il est arrivé à la papeterie, laquelle ne travaille plus ici. Son nom est Delis Zapata. Ils prennent un taxi, Morgana se sent défaillir, elle appuie la tête contre la fenêtre. La ville défile sous ses yeux sous une grisaille de plomb.

Rentrés chez eux, Diego se jette sur le téléphone. Il compose fébrilement le numéro de Delis Zapata, mais personne ne répond. Le bourdonnement du cadran quand le disque revient après la combinaison de chaque chiffre et l'insistance désespérée de Diego lui donnent le vertige. Diego appelle le ministère de l'Intérieur et demande si Camilo Herrera a des antécédents. Morgana a de nouveau des nausées. Pendant qu'il parle, elle va vomir dans la salle de bains. Cet enfant lui vide les intérieurs. Quelques minutes plus tard, Diego frappe.

— Morgana, laisse-moi entrer.

— Ça va mieux et ici ce n'est pas beau à voir. Attends-moi, j'arrive.

— Morgana, ma précieuse, nous allons le faire ensemble. Tu m'entends ? Laisse-moi entrer. Je vais t'aider, s'il te plaît.

Les larmes reviennent, lentes, lourdes. Elle se rafraîchit le visage et ouvre la porte. Diego la prend dans ses bras.

— Nous sommes deux, Morgana.

Morgana pense que la peur partagée chasse la raison étriquée, qui mesure et soupèse tout. Dans ce froid intense, dans cet hiver arctique qui fait irruption au cœur de l'été et qui les frappe tous les deux, elle sait que seule la chaleur de l'autre pourra les protéger.

IL AURA OUBLIÉ

Le jour se lève. À la fenêtre, les auvents se découpent sur la mystérieuse architecture du ciel. Sophie fume une cigarette, les jambes repliées. À côté d'elle, Camilo dort dans un coin du lit. Elle élève son poignet gauche à hauteur des yeux et regarde son bracelet. Chacune de ses tentatives est gravée sur son poignet. Asticots morts qu'elle ne regarde jamais. Recommencerait-elle ? La réponse surgit, intransigeante : elle va vivre et elle leur survivra.

Viendra le temps où le désir qui unit Diego à Morgana s'éteindra, le jour où ils se regarderont et n'auront plus rien à se dire. Mais trop tard, elle aura oublié l'étreinte de Morgana lors de ses nuits d'insomnie, la chaleur de son corps l'inondant de paix ; elle aura oublié leurs voix à la cuisine, pendant qu'elle ne se doutait de rien et dessinait sur la table de la salle à manger ; elle aura oublié l'expression radieuse et fière de Diego devant son œuvre ; elle aura oublié les soirées au salon, Morgana et elle se déhanchant au rythme des Rolling Stones, les yeux de Diego passant de l'une à l'autre, son rire, ce rire qui maintenant est devenu pervers dans sa mémoire ; elle aura oublié l'éclat bleuté de la télévision vacillant sur les murs comme l'eau effleurée par le soleil, quand Diego voulait interrompre leurs rires pour écouter les informations ; elle aura oublié ces instants où leurs regards se croisaient et scellaient leur union en silence ; elle aura oublié le son des sirènes au loin qui leur transperçaient la poitrine, la voix de Morgana lui disant : “Tu peux, tu peux”, les rumeurs du fleuve et cette impression que la vie était à l'endroit où ils se trouvaient tous les trois. Elle aura oublié qu'une nuit elles nageaient nues, que Morgana avait touché son âme, éveillé son corps, ouvert son cœur.

Quand ce moment viendra, elle sera loin.

Elle est au moins certaine d'une chose : elle ne veut plus jamais les revoir. Jamais. Elle esquisse un sourire sombre qui, elle en est certaine, ressemble plutôt à une grimace. Elle ne sait d'où provient cette force froide, surhumaine, mais douloureuse. Elle ramasse son sac, sort son cahier et dessine des lettres. La page est bientôt recouverte d'une texture qui rappelle l'écorce d'un arbre. Dans cet essaim, elle cherche le *m*, puis le *o*, le *u*, *r*, le *i* et de nouveau le *r*. Elle les repasse d'un geste résolu et les réunit par des traits.

*

Le soir, après son travail à l'imprimerie, Camilo l'accompagne à la Compagnie des téléphones où Sophie peut appeler sa mère à Paris en PCV. Des collégiennes, avec frange et minijupe, traversent la rue en courant, bras dessus bras dessous. Un camion militaire débouche lentement ; sous la bâche, les visages imberbes des conscrits les regardent passer.

— Ils cherchent des armes. Déjà hier ils ont fait des perquisitions en masse. Pour protéger la démocratie, prétendent-ils, mais ils veulent avant tout désarmer le peuple, dit Camilo en heurtant les syllabes avec sa difficulté habituelle.

Sophie attend que l'opératrice passe la communication, et elle a des vertiges.

— Tu te sens bien ? demande Camilo, et il la soutient en la prenant doucement par la taille. Tu n'as rien mangé, voilà l'explication. Ce matin, je t'ai laissé un pain et tu n'y as pas touché.

De fait, depuis qu'elle a quitté son appartement la veille au petit matin, elle n'a rien avalé. Les bras de Camilo la réconfortent.

— *Allô, maman… oui, c'est moi. Je rentre… Oui, je sais, je sais, mais pas maintenant… Je t'en prie**…

Sa voix se brise, elle ravale un sanglot, mais ne peut empêcher son menton de trembler. Elle respire plusieurs fois en dilatant ses narines.

— *Je prends le billet demain… c'est trop long à expliquer… je vais bien, ne t'inquiète pas… dans quelques jours je serai là… Papa ? Comme toujours**.

— Qu'est-ce que tu lui as dit ? demande Camilo quand ils sortent du central téléphonique et respirent tous les deux l'air encore chaud du soir.

— Que je retourne à Paris.

RÉPARATION

À cinq heures du soir, on frappe à la porte. Allongée sur le lit de Camilo, Sophie ne bronche pas. Elle garde le silence : surtout ne pas perturber cette fragile et étrange paix qui l'a envahie. Ce matin, elle a retiré à la banque l'argent que sa mère lui envoie tous les mois et elle a acheté son billet pour Paris. Maintenant, elle laisse filer les heures avant d'aller récupérer ses affaires sans croiser Diego ni Morgana. Les coups n'ont pas cessé.

— Hé, on te demande ! lance une voix de femme derrière la porte.

Elle se lève, ouvre et voit la fille aux grosses jambes, et derrière elle, Diego. D'un coup, son cœur se met à battre la chamade.

— On te demande ! répète-t-elle d'une voix fluette qui ne correspond pas du tout à la rudesse de son apparence.

Diego, derrière l'épaule de la jeune femme, lui lance un regard fatigué et interrogateur.

— Bonjour, dit-il pendant que la jeune femme s'éclipse. Tu ne veux pas qu'on aille faire un tour et qu'on discute ?

Sophie a remarqué que Diego dissimule un paquet dans son dos. Elle a de la compassion pour lui, tant son apparence semble dévastée. Il porte un costume sombre, fripé, et une chemise blanche sans cravate d'où émerge son cou maigre.

— Pas la peine. Tu peux entrer.

Quand Diego est à l'intérieur, debout, figé, observant chacun de ses gestes, la chambre de Camilo rétrécit. Comme si Diego était à lui seul un autre monde, un autre univers dont le poids écraserait le sien.

— J'ai eu du mal à te retrouver. Je peux m'asseoir ? demande-t-il en montrant l'unique chaise, devant le bureau de Camilo.

— Bien sûr.

Sophie s'assied sur le lit, jambes croisées, et allume une cigarette. Diego aussi, après avoir passé son Zippo plusieurs fois d'une main à l'autre. Il aspire une première bouffée et pousse un profond soupir. Sophie remarque son expression vulnérable. Pour se détendre, il regarde par la petite fenêtre. Des nuages fins et éthérés sont accrochés aux toitures voisines. Une image qui contraste avec la fatigue et la tension distillée par leurs gestes, mais qui lui apporte un espoir, une clarté qui s'impose soudain à Sophie et la met en alerte. Et si Diego était venu lui annoncer que c'était fini, avec Morgana ? Et s'il avait enfin compris que sa trahison est monstrueuse, que la seule chose qui importe, c'est eux deux, lui et elle, le lien indissoluble, l'union qui donne au monde et à ses avatars un air inoffensif et lointain ?

— Tu m'as l'air en forme, sourit faiblement Diego.

— Pas toi, réplique Sophie en lui renvoyant un demi-sourire.

Elle se lève, s'appuie contre l'armoire et se laisse glisser jusqu'au sol.

— Et Camilo ?

La fumée des cigarettes remonte et tourbillonne entre eux.

— Il travaille dans une imprimerie.

— Je l'ai vu à la galerie, il a l'air gentil.

Diego se balance sur la chaise et le sol craque au rythme de son angoisse.

— Oui, c'est quelqu'un de bien.

— Je veux que tu rentres avec moi…

Il a les jambes croisées et le dos voûté. On dirait qu'il a rétréci.

— … et que tout redevienne comme avant.

— Tu crois vraiment que c'est possible ? demande Sophie qui devine qu'un sourire se dessine sur son visage.

— Bien sûr que oui, dit-il avec enthousiasme. Je pourrais te préparer ces gnocchis dont tu raffoles ? Tu aimerais ? Tu aimerais ? répète-t-il d'une voix douce, le buste penché en avant.

Il donne l'impression qu'il ne veut pas perdre une miette de ce qu'elle va dire ou faire.

— Tu peux mettre la cendre ici, dit Sophie en indiquant une soucoupe pleine de mégots sur le bureau.

Les espoirs de Sophie reviennent, mais elle n'a pas la force de demander des nouvelles de Morgana, ni même de prononcer son nom, tant les sentiments qu'il suscite sont troublants. Elle se demande combien de temps va durer cette conversation décousue qui laisse entrer toutes les illusions.

Ils se sont tus. Diego tambourine des doigts sur la table. Le soleil pâlissant dessine sa silhouette. Dehors, comme d'habitude, l'activité des pigeons résonne dans ses oreilles.

— Morgana t'envoie ça. Elle est désolée. Elle ne veut pas te perdre, Sophie, dit-il quelques minutes plus tard en lui remettant le paquet qu'il dissimulait à son arrivée.

Sophie l'ouvre et découvre que c'est le recueil de Lorca que Morgana avait reçu de son père.

On dirait qu'elle n'a pas entendu ; son regard s'envole dans le rectangle bleu de la fenêtre. Elle reprend son souffle, revient et croise le regard de son père. Elle se lève et allume encore une cigarette. Ses mains tremblent. À la première bouffée, la rage et la distance reviennent. C'est comme si elle était déjà partie.

— Tu peux t'en aller, Diego. Et s'il te plaît, remporte le livre, dit-elle en le désignant avec dédain.

Et elle lui tourne le dos.

— Sophie, regarde-moi.

— Va-t'en, lui demande-t-elle, les bras croisés et le corps raide.

— Regarde-moi, Sophie, je t'en prie.

— J'ai un billet pour Paris, je pars dans trois jours. Je serai contente. Maman m'attend.

Diego tapote la table avec son briquet et se lève, essaie de capter son regard, mais de nouveau Sophie lui tourne le dos.

— Ma chérie, il n'y a aucune raison que ça se passe ainsi.

Devant le mutisme de Sophie, Diego poursuit :

— Je ne peux pas te répéter tout ce que je t'ai déjà dit, car tu le sais très bien, et à ta façon de voir les choses tout va te sembler faux.

— Exactement, reconnaît Sophie.

Elle ouvre la porte sans se retourner, s'arrête sur le seuil et se retourne pour lui faire face, dans un mouvement précis et dur.

— Je te reverrai avant ton départ ?

— Je dois passer récupérer mes affaires. Je comptais y aller aujourd'hui, mais je crois que je passerai demain.

— Tu es bien décidée, n'est-ce pas ?

— En effet.

— Pourquoi faut-il que cela se passe ainsi, Sophie ?

— Tu sais parfaitement pourquoi, je ne pense pas que tu aies envie que je te l'explique. Tu finis toujours par tout détruire. Va-t'en, s'il te plaît.

Diego tourne la tête, comme si les paroles de Sophie l'avaient frappé de plein fouet.

— Sophie…

— Arrête, ça ne sert à rien.

Diego essaie de l'embrasser, mais elle regarde par terre et met sa cigarette entre ses lèvres. Un silence lourd s'instaure. Sophie sait qu'il cherche son regard, qu'il espère un mot qui change le cours des événements. Mais elle ne va pas lui accorder sa capitulation. Surtout pas. Elle fait demi-tour et rentre dans la chambre.

— Au revoir, ma chérie, dit Diego avant de descendre l'escalier.

De retour dans la pièce, Sophie voit sur la table le livre de Morgana. Au moment de se précipiter pour le rendre à Diego, elle s'arrête. L'idée que Morgana perde pour toujours un objet si précieux pour elle lui semble être une sorte de réparation – certes insignifiante au regard du mal qu'ils lui ont fait. "Il était juste cinq heures du soir", lit-elle au hasard et elle le referme brutalement. Sur les toitures voisines, les pigeons charognards se bagarrent pour un bout de pain. Ils frottent leurs ailes déployées sur la surface du zinc en émettant un bruit métallique et froid.

DIMANCHE

Tous les jours, depuis que Sophie est retournée à Paris, Diego lui envoie une lettre. Et tous les matins, soixante-trois jusqu'à présent, ils se réveillent avec l'espoir de recevoir d'elle un mot, un dessin, n'importe quoi. Sur le mur de la cuisine, le calendrier croule sous les croix découragées de Diego, qui marquent les jours sans réponse.

Entourés de *peumos*, de palmiers et de magnolias, Diego et Morgana, dans l'immobilité du soir hivernal, lisent sur le banc d'un parc. Elle, jambes repliées, a posé la tête sur les genoux de Diego. Elle délaisse son livre et regarde le feuillage transpercé par la lumière. Son ventre rebondi pointe sous ses vêtements. Au loin, les cris agités des vanneaux annoncent la pluie.

Morgana pense à Sophie. Elle pense à elle sans arrêt. Elle se rappelle le jour où, sur un ton mystérieux, Sophie lui avait dit qu'elle avait peur de se retrouver dans le regard d'un oiseau et d'un mort. Comme tant d'autres fois, elle avait eu l'impression d'entrevoir le fragment d'une nature beaucoup plus ample et complexe, que Sophie n'arrivait peut-être même pas à saisir dans son ensemble.

Elle pense aussi que ce qui les avait rapprochées et les rapproche encore, c'est qu'elles savent toutes les deux que le seul moyen de survivre est d'extraire la goutte de beauté contenue dans chaque chose. Si elle veut conserver ce lien, elle doit à tout prix chercher cette miette d'éternité, que Sophie essayait de capter dans ses cages. C'est sans doute la seule certitude qui lui reste, dans ce marais d'incertitudes.

Elle ne veut plus retourner à ses manuels, aux théories et aux concepts qui prétendent organiser la poésie. Elle observe les paulownias dont les branches s'ouvrent sur un fond qui papillonne. Dans l'herbe, un gamin fait danser un ballon de foot, du genou à l'épaule, de l'épaule à la pointe du pied, et il le récupère au moment où une musique surgit au loin et où les nuages remplissent le creux du ciel.

— Ma précieuse, tu n'as pas froid ? Tu veux rentrer ? lui demande Diego en lui caressant le front.

Morgana secoue la tête, mais pose les doigts sur sa bouche entrouverte.

— Mon amour, dit-il, il y a une chose que j'aurais dû te raconter depuis longtemps.

Silence. Les brins d'herbe frémissent dans l'air du soir.

— Sophie a passé une grande partie de son adolescence dans un hôpital psychiatrique. Elle a plusieurs fois tenté de se suicider. Au bout de quelques années, un docteur a trouvé les médicaments adaptés. Mais nous avons toujours eu la crainte qu'elle essaie encore.

— C'était son secret.

Diego acquiesce en silence. Morgana se rappelle les bracelets que Sophie portait même à la piscine, toujours coloriés par elle, comme des bracelets vivants. Une douleur sourde la frappe en pleine poitrine. Elle tremble, et les sirènes au loin lui rappellent que tout se précipite vers un avenir incertain.

LA PEUR

Sans perdre Morgana de vue, comme il le faisait avec Sophie, Diego analyse avec un groupe les événements de la matinée.

Ils se sont retrouvés au fond d'un passage, chez Jorge et Sonia, un couple d'amis. Le salon est petit et les fenêtres sont recouvertes d'un épais rideau vert qui, avec la musique, les isole des regards et des oreilles des voisins. Un régiment commandé par un certain colonel Souper a tenté un coup d'État. Des tanks et des camions chargés de soldats sont arrivés devant le palais du gouvernement. Vingt-deux personnes sont mortes pendant la fusillade qui a duré plus de deux heures.

— Ils se sont enfuis comme de vulgaires voleurs, dit Diego en élevant la voix.

Les autres, réunis autour de la table, égrènent une longue litanie d'épithètes : traîtres, lâches, fascistes, pédés, termes inquiétants qui gravitent autour de Morgana comme la fumée noire d'un incendie qui menace de l'atteindre. Sur sa chaise, elle cherche une position confortable pour son ventre de cinq mois et demi. Personne ne le lui a dit, mais elle sait que c'est une fille. Paula, à l'autre bout de la table, la regarde avec un mélange de tendresse et de distance auquel non seulement elle est habituée, mais qui lui est devenu nécessaire.

— Tu étais avec Leonardo Henrichsen ce matin quand ils l'ont eu, n'est-ce pas, Ramiro ? demande un homme impeccablement habillé à un jeune homme qui a d'épais favoris.

L'interpellé acquiesce, les yeux baissés.

— Il paraît qu'il a filmé sa propre mort, et qu'on a réussi à récupérer les images, déclare une femme.

— Ces fils de pute, je suis journaliste ! murmure le jeune homme sur un ton à peine audible.

Les regards se tournent vers lui. Il a niché sa rage entre sur ses lèvres serrées et tremblantes.

— Que dis-tu ? demande Diego.

— C'est ce qu'a crié Leonardo, "Je suis journaliste". Voilà ce qu'il a crié. On croyait tous que c'était un sauf-conduit immunitaire, murmure-t-il sur un ton ironique.

— C'est ce qu'il était, admet Paula.

— Pas avec ces enfoirés de merde. Vous savez ce qu'ils ont fait ? Ils nous visaient. Ils ont tiré à bout portant, et Leonardo s'est effondré, dit le jeune homme.

Le silence flotte à basse altitude, comme un brouillard. Morgana cherche le regard de Diego et pour la première fois ne le trouve pas. Il fume, plongé dans ses pensées. Elle s'approche et prend sa main. Il la serre.

Un homme de forte complexion aux moustaches fournies apporte de la cuisine un plateau de sandwichs au milieu de la table.

— Ils viennent du bar *El Castillo*, dit-il sur un ton triomphal.

Sonia apporte des assiettes, des couverts et des serviettes en papier. La brume de silence se dissipe, mais son halo froid reste en suspension au-dessus d'eux.

Avant, être à l'épicentre des événements lui aurait paru excitant. Mais la petite qu'elle porte dans son ventre est devenue une ancre qui cherche un endroit où se poser. Voilà pourquoi Morgana a voulu faire de son appartement une arche intouchable. Diego y apporte ses livres de philosophie, d'astronomie et d'histoire, d'économie et de mathématiques. Et ses papiers, ses documents et son Underwood, qu'il a installée sur la table de la salle à manger, où il travaille le soir et la regarde s'acquitter de ses tâches quotidiennes. Ils n'ont pas encore apporté la télévision, c'est peut-être une façon d'enfermer la réalité dans l'appartement de Diego. Au lieu de s'acheter des vêtements de femme enceinte, Morgana utilise les pantalons et les chemises trop grandes de Diego, qui retombent en toute liberté sur ses hanches et son ventre. Elle aime sentir son odeur dans les vêtements qu'elle porte. Le soir, quand il entre, elle respire dans son oreille et il la serre dans ses bras. Ils restent quelques instants dans cette position, unis, écoutant leurs battements de cœur. Parfois, Morgana apprend un poème et le récite : “Chéri, en dépit de tout ce qui est arrivé, rien n'est arrivé. La mer est très ancienne.” Mais elle ne lui dit pas qu'elle erre de pièce en pièce, que Sophie lui manque, que la petite a réveillé la peur de la mort. Qu'elle pressent la fin. Elle le sent à la fréquence des attentats, aux attaques de plus en plus violentes de la droite, au visage hâve et fatigué de Diego. Parfois, elle l'accompagne à ses soirées, mais il la tient à l'écart de ses réunions politiques. C'est sa façon de la protéger, dit-il. Elle aussi, en dépit de la peur et de l'inquiétude, essaie de toutes ses forces de commencer la journée avec optimisme, l'esprit clair et dégagé.

Elle voudrait croire que si elle y parvient, sa fille sera à l'abri du malheur.

— La grossesse te va à merveille, dit Paula en posant sa paume sur son ventre rebondi.

Sa spontanéité et sa tendresse, au milieu de cette ambiance haineuse, l'émeut. Les voix montent au plafond et rejoignent la fumée des cigarettes. Paula lève son verre et porte un toast en la regardant. Bien qu'elle n'ait pas perdu son étrange beauté ni la force de son regard, son extrême maigreur et son dos cambré interdisent d'oublier la maladie qui l'assiège. Ses cheveux ont suffisamment repoussé, mais elle a gardé l'habitude de porter des perruques. Parfois elle est d'un blond platiné qui redonne de l'énergie à ses traits et lui confère une sensualité inattendue ; ou bien elle porte une chevelure noire comme du jais qui les durcit. Métamorphoses qui font oublier la vraie Paula, celle qui se cache derrière ces apparences si opposées, qu'elle parachève en prenant des expressions assorties. Mais le plus émouvant, pour Morgana, c'est qu'elle ne lit jamais la raideur et la tristesse sur son visage. On dirait qu'elles lui sont interdites, malgré ses souffrances.

Un homme à barbe rousse allume la télévision. C'est l'heure des informations. Les images en noir et blanc montrent des centaines de personnes courant dans les rues, sous le fracas des fusillades. Des militaires équipés pour la guerre tirent sur les gens, du haut de leurs camions. Les tanks avancent, lents et implacables. Morgana sursaute. Diego est allé au palais du gouvernement ce matin. Il a dû sentir l'odeur de la poudre, entendre siffler les balles et leur message de mort. Les fracas s'intensifient quand les troupes loyales au gouvernement parviennent à briser le siège. Les images se succèdent sur l'écran. Les militaires tirent, se cachent, crient, les gens fuient, s'abritent derrière les arbustes. Les tanks amorcent la retraite et continuent de tirer en se repliant. À onze heures du matin, le président arrive à La Moneda. Acclamations dans la rue. Des centaines de personnes crient, le poing levé. Un militaire traverse la foule, rejoint le ministre de la Défense et l'informe que si la foule n'est pas dispersée, il y aura un massacre. Le mot "massacre" volette dans la pièce, tel un oiseau noir. Un silence violent passe derrière les sons qui sortent de l'écran. Morgana sait ce qu'ils pensent, ce que Diego pense : les dés sont jetés et il n'y a pas de retour en arrière possible.

Le présentateur annonce que parmi les victimes il y a un couple âgé qui a reçu une rafale de mitraillette dans le dos alors qu'il essayait de s'enfuir. À six heures du soir, le drapeau est hissé sur le palais du gouvernement. Le président a pris la parole, au balcon. La foule assemblée réclamait vengeance.

Le couvre-feu a été fixé à onze heures du soir. Ils entendent le bruit sourd d'un hélicoptère au-dessus de la maison. Même s'ils ne peuvent les voir, les hélices noires assombrissent les esprits et resserrent les liens qui permettent de faire bonne figure. Le grondement disparaît, la pièce palpite. Diego caresse le ventre de Morgana. Leurs doigts s'entrelacent. Ses yeux, comme toujours, ont cette profondeur tranquille dans laquelle Morgana s'abandonne.

— Tout va bien, mon amour ?

Elle hoche la tête. La chaleur de son contact l'apaise. Les plis de son front se creusent, les sourcils se froncent, de plus en plus. Le temps passe trop vite sur eux, se dit-elle. Ils doivent l'arrêter, détourner la main des sirènes, apaiser l'esprit de Diego qui ne prend pas de repos, qui cherche sans relâche des réponses et des solutions. Ensemble, peut-être peuvent-ils acculer le temps en se caressant dans l'obscurité, en montant dans sa Fiat 600 et en filant sans but précis vers ce souffle de spontanéité et d'optimisme qu'ils peuvent encore retrouver, elle en est sûre.

Les commentaires, les spéculations, les phrases nerveuses parlent des partis révolutionnaires et de l'avant-garde du peuple. Certains cachent leur anxiété derrière des commentaires salaces et sarcastiques.

Ils trinquent à leur santé ; à celle des cordons industriels ; à celle du président ; et les putschistes et les séditieux de merde ne vont pas s'en tirer comme ça, santé !... Les voix, comme emportées sur le char allégorique d'un monde pris de vertige, s'éloignent et s'éteignent.

Encore une fois, elle pense à Sophie. Quatre mois se sont écoulés depuis qu'elle est partie à Paris. Sa mère, Monique, a tenu Diego au courant de ses déplacements. Sa correspondance est sèche, sans fioritures, comme les notes de presse qu'elle rédige pour le journal où elle travaille. Mais cette prétendue neutralité cache mal sa victoire personnelle sur Diego. Dans ses lettres, elle lui communique par allusions ce qu'elle pense : il a trahi le seul refuge de décence et de vérité qu'il possédait encore, sa loyauté envers sa fille. Dans la dernière, elle lui parle de l'exposition de Sophie dans une importante galerie alternative de la ville et des superbes critiques qu'elle a eues. Mais Morgana connaît les insomnies de son amie, les idées sombres qui l'assaillent comme des nuages d'insectes, sa fragilité et sa nostalgie de l'infini. Quand il les a lues, Diego les lui passe avec une expression où se mêlent la joie – de voir les réussites de Sophie – et la défaite. Il continue de lui écrire tous les jours. Déjà quatre-vingt-dix lettres. Morgana se joint à lui et envoie un vers. Mais Sophie persévère dans son silence.

Quand Morgana sort de ses rêveries, l'intensité de la conversation est remontée en spirale. Une femme au torse rond comme un poisson apporte des nouvelles fraîches. Les insurgés, Souper et ses nervis, sont sous les verrous. Le comité directeur de Patrie et Liberté, un groupe de choc de l'extrême droite, a demandé asile à l'ambassade de l'Équateur. Ces nouvelles suscitent des applaudissements. *Amanda*, de Víctor Jara, résonne dans les haut-parleurs du tourne-disque.

Un gros bonhomme accompagne la mélodie avec sa voix de baryton, d'autres se joignent à lui.

Un peu avant onze heures du soir, ils s'en vont, après avoir échangé accolades et tapes amicales, unis par les émotions de ces dernières heures.

*

Elle ne parvient pas à insérer la clé dans la serrure et quand Diego essaie, il a du mal. Dans l'entrée, il passe la main autour de sa taille rebondie et l'attire contre lui. Il l'embrasse et ils vont jusqu'à la chambre, enlacés. Diego se déshabille avec impatience, le dos à la fenêtre. Étendue sur le lit, Morgana l'observe. Elle aime à regarder sa virilité épanouie, ses jambes fermes, bien modelées, et le désir que diffuse tout son corps. Elle écoute sa respiration s'agiter en toute liberté.

Les sirènes reprennent leur routine. Elles apportent de loin leur inquiétude et leur cargaison de malheur, frôlent la fenêtre et disparaissent pour laisser la place à d'autres.

Diego, nu, s'étend à côté d'elle. Un à un, il défait les boutons de sa chemise blanche et libère ses seins gonflés. Il les caresse et les pétrit, embrasse les mamelons durcis. C'est un toucher profond, de ceux que rien n'arrête. Mais Morgana est incapable de se concentrer.

— Tu vas bien vite, murmure-t-elle.

Diego ne semble pas l'écouter. Avec délicatesse, il tente de lui enlever son pantalon en velours. Elle l'arrête d'un geste.

— Je ne préfère pas.

Le regard de Diego traduit plus une capitulation qu'un désarroi. Morgana lui prend la main et la porte à son visage, passe le bout de la langue sur sa paume et l'embrasse. Habillée, à côté de ce corps nu, elle perçoit la suave tiédeur de sa bouche, ce lieu qu'elle connaît bien, mais qui ne cesse de la surprendre, par la commotion qu'il déclenche chez elle, par le besoin d'aller toujours plus profond. Elle redresse le torse et son ventre, arrondi et magnifique, apparaît sous la chemise entrouverte. Elle rit. Diego lui demande pourquoi et ses deux bras l'attirent contre lui. Son regard exprime vigueur et puissance, innocence aussi. Il l'étreint, avec cette passion qui a le pouvoir de l'enflammer.

— Vraiment, tu ne veux pas ?

— Non, murmure Morgana.

Diego reprend son souffle et se met à genoux sur le lit. D'un geste délicat, mais impétueux, qui n'admet pas de réplique, il cale le visage de Morgana entre ses jambes. Ainsi placée, elle le regarde. Il est grand, solide. Elle observe son ardeur qui devient mystérieuse, hermétique. Tandis qu'il s'affaire, elle tend le bras pour passer le doigt à la base de son dos. Elle descend lentement jusqu'aux fesses et presse le muscle qui lui donne forme. Elle se rend compte que les sens de Diego s'aiguisent et elle continue sa glissade, jusqu'aux parois humides et douces de sa cavité. Son doigt glisse une fois, deux, dans la profondeur élastique et tiède qui se contracte. Elle l'entend gémir. Elle le regarde et constate qu'il a les yeux fermés, qu'il cherche le plaisir avec l'énergie du désespoir. Morgana continue, plus profond, pendant que son dos se cambre et que son ventre se dresse, grandiose, entre les jambes de Diego.

— Touche-toi, lui dit-il.

Le ton est péremptoire. Il a les joues en sueur et les lèvres crispées.

Morgana se caresse pour qu'il la voie, pour exacerber son désir, qui à son tour aiguise le sien. Ses mains s'affairent et bientôt elle ressent l'envie insupportable de se donner à lui.

— Viens, viens, je t'en prie, dit-elle lentement, presque en chuchotant.

Mais c'est trop tard. Diego tend le cou, se tourne vers le ciel, tel un cheval qui voudrait arracher les liens qui l'entravent. Morgana devine les images qui traversent ses yeux fermés, elle rêve d'entrer dans son esprit, de le déverrouiller, de connaître ses secrets. Tout s'accélère. Les cuisses serrées, frémissante, elle sent la chaleur visqueuse dans sa bouche, sur sa langue, au fond de sa gorge, à l'instant où un spasme profond, embrasé, lui traverse le corps. Diego pousse un cri rauque et puissant, et ils partent d'un grand éclat de rire, qui se propage et recouvre l'entêtement des sirènes, les sifflements des balles, les tanks et les fusils, mais surtout la peur.

À onze heures tapantes, le silence répand son autorité sur la ville.

CIEL VOLÉ

Le téléphone sonne très tôt. Morgana le réveille doucement. Ses bras endormis l'enlacent.

— Diego, Diego !

Elle ne s'est pas beaucoup reposée. Elle ne trouve plus de position pour son ventre de huit mois et demi. Diego se redresse d'un bond. Le téléphone est dans le salon. Quelques minutes plus tard, Morgana voit sa silhouette à contre-jour dans l'encadrement de la porte. Elle ne voit pas son expression. Les trémolos de sa voix lui transpercent la poitrine. Il y a un soulèvement. Un secteur de la marine a encerclé Valparaiso, une partie du port est occupée, le président se rend au palais du gouvernement. Diego s'habille en vitesse. Morgana sent qu'il se domine pour rester calme. Le jour tant annoncé et redouté est arrivé. Ils le savent tous les deux. Morgana pense que ça aurait pu être n'importe quel autre, le 10 ou le 12 d'un autre mois. Simplement, hier soir, Diego lui a fait remarquer que le 11 septembre 1714, la Catalogne, qui jusqu'alors avait été une nation souveraine, était tombée entre les mains des troupes de Philippe V.

— Morgana, mon amour, tu ne sors pas d'ici, vu ? lui dit-il en laçant ses chaussures. Et surtout ne va pas à ton travail, et encore moins à l'université.

— Prends ta gabardine. Il va faire froid, mine de rien, dit-elle au fond de son lit en repliant les jambes.

Diego s'assied à côté d'elle et lui prend les mains.

— Tout va bien se passer, ma précieuse. On va calmer leurs ardeurs, comme lors de leur tentative de juin dernier. Tu vas voir. Mais toi, tu ne bouges pas. Avec ton ventre, il vaut mieux que tu restes ici. Tu me le promets ?

Il lui caresse le ventre et embrasse ses yeux. Elle porte un pyjama à lui.

Elle est au bord des larmes, mais elle se retient, esquisse un sourire et ses doigts caressent les lèvres de Diego. C'est un geste furtif, discret.

Avant de partir, il note un numéro de téléphone sur un bout de papier.

— C'est le numéro de Paula, appelle-la si tu as besoin de quelque chose, quoi que ce soit, d'accord ?

Morgana entend la porte se refermer, et le silence. Mais ce n'est pas le silence absolu, car les grincements de l'ascenseur montent et descendent, emportant Diego vers le temps incertain de la rue. Elle reste immobile, jambes repliées, tournée vers la fenêtre où le jour s'installe. C'est un matin azuré et délicat. Son cœur bat en désordre. Pour chasser la peur, elle pense à ses parents. Dans ce chaos, ils représentent la normalité. Elena voulait revenir pour la naissance de la petite, mais une pneumonie l'a clouée au lit. Elles se sont téléphoné. Sa mère parle biberons et langes, lui décrit le trousseau qu'elle a préparé pour sa première petite-fille. Morgana n'a jamais imaginé que la voix de sa mère pourrait avoir un effet apaisant. Elle aimerait les appeler. Mais elle ne ferait que les inquiéter et – qui sait ? – après avoir raccroché elle se sentirait encore plus seule. Le silence dévore ses pensées. Elle branche le tourne-disque. Le *Stabat Mater* de Vivaldi, que Diego a écouté hier soir, remplit la pièce de sa mélancolie. Elle se prépare un café à la cuisine, bien chaud, comme ceux qu'ils prennent ensemble le matin. Sur la table, la lettre pour Sophie, comme tous les jours, celle qu'aujourd'hui Diego aurait postée s'il n'était pas parti aussi vite. Hier, il lui a envoyé un carton contenant ses premiers dessins. Il les avait conservés au fil des années à l'insu de sa fille. Ça va être une surprise pour elle, dit-il, l'espoir au fond des yeux.

Les fenêtres vibrent. C'est le vol insistant d'un hélicoptère. Elle distingue son profil de libellule qui se découpe sur le ciel en émoi. Le téléphone sonne. C'est Diego. Ils ont affaire à un coup d'État. Le président lui a demandé d'aller voir les cordons industriels de Cerrillos. Il ne pourra pas la rappeler avant des heures. Il insiste pour qu'elle ne bouge pas de là. Il va bien. Tout va bien aller. Il le lui promet. Ses phrases sont brèves mais chaleureuses, comme le son d'un interrupteur qui met fin à l'obscurité. Un éclat qui dure à peine une seconde, tant qu'elle peut encore l'entendre.

Quand la voix s'est tue, quand la communication est coupée, les questions arrivent. Elle sait que les ouvriers et les militants se sont préparés à ça, à résister. Les cordons industriels des usines de Cerrillos sont prêts à une guerre de tranchée. Pourquoi ne lui a-t-elle pas demandé de rentrer à la maison, pourquoi n'a-t-elle pas dit qu'elle et la petite ont besoin de lui ?

Elle cherche la feuille où elle a noté le numéro de téléphone de Paula. Elle le compose. Pas de réponse. Elle hésite à raccrocher. Elle veut croire Diego qui a promis que tout irait bien, mais elle a besoin qu'on lui dise ce qui se passe. Elle se rend compte que ces six chiffres sont le seul lien qui la rattache à lui. Elle raccroche et rappelle. Et ainsi de suite jusqu'à ce que, exténuée, elle renonce.

Elle contemple son ventre, ses pieds ont disparu sous son volume impressionnant. Elle allume la radio. On a bombardé les tours de Radio Portales et de Radio Corporación. Elle ouvre la fenêtre du salon, orientée vers le centre-ville, et elle s'assied dans le rocking-chair. Elle se balance en rythme de façon obsessionnelle. Le bruit régulier l'apaise.

Des hélicoptères patrouillent au-dessus de sa tête. La ville est agitée.

Les minutes sont d'une morosité exaspérante. Elles passent sur elle, l'écrasent.

Le temps s'écoule. À la radio, le speaker annonce qu'il y a des affrontements au palais du gouvernement. Quarante civils armés accompagnent le président.

Diego lui a dit que les militaires n'oseront pas fermer le Congrès, que la lutte continuera dans le cadre de la démocratie civile. Alors, pourquoi est-il sur la ligne de feu ?

À la radio, la voix du speaker lui parvient, en sourdine : "Les commerçants ferment leurs portes." Et soudain, le son métallique de la voix tranquille du président : "Qu'ils le sachent… qu'ils l'entendent… ce n'est qu'en nous criblant de balles qu'ils pourront empêcher la volonté qui est celle de réaliser le programme du peuple…" Une douleur électrique s'enfonce dans sa poitrine.

— En nous criblant de balles, répète-t-elle dans un murmure.

Encore le président : “En ce moment passent les avions. Il est possible qu’ils nous bombardent. Mais qu’ils sachent que nous restons ici et que par notre exemple nous montrerons que dans ce pays il y a des hommes qui ne se déroberont pas aux obligations dont ils sont investis…”

Le temps passe. Elle ne pourra jamais décoller de son siège.

Dans un coin, le téléphone s’agite. C’est son père.

— Morgana, ma fille, dit-il d’une voix anxieuse. Tu es là ?

— Oui, papa, je suis là !

Elle se croit obligée de crier pour se faire entendre au milieu de la friture caractéristique des appels internationaux.

— Tu vas bien ?

Cette voix familière la désarme.

— Oui, je vais bien.

Mais son père entend mal et il répète sa question. Avec beaucoup d’efforts, elle crie que oui, qu’elle est dans son appartement, que Diego va revenir, qu’il n’a pas à s’inquiéter.

— Un fonctionnaire de l’ambassade va passer te prendre. Tu dois quitter le Chili au plus vite, dit son père.

Un bourdonnement à l’oreille, comme celui des casseroles, lui donne une idée de la distance incommensurable qui la sépare de lui. En dépit des interférences, elle lui dit qu’elle ne quittera pas son appartement tant que Diego ne viendra pas la chercher. Elle est convaincue que si elle sort d’ici Diego ne pourra plus la retrouver, qu’ils se perdront pour toujours.

— Morgana, je ne t’entends plus, crie son père.

On entend des craquements, un sifflement noie la ligne et la communication est coupée. Elle attend quelques minutes. Le téléphone sonne de nouveau. Avant d'écouter son père, elle le met en garde :

— Je ne veux pas bouger d'ici. Je t'en prie, n'insiste pas, sa voix tremble et soupire abondamment.

— Ma fille, c'est un coup d'État et tu es en danger. Tu dois le comprendre.

Manuel insiste. Elle doit veiller sur la vie qu'elle porte dans son ventre. Plus tard, elle pourra retrouver Diego en Espagne, mais elle doit partir tout de suite, dit-il.

— Papa, je te demande de me comprendre. Je ne bougerai pas d'ici sans Diego, c'est comme ça. Si nous devons quitter le pays, nous le ferons ensemble. Et si un fonctionnaire de l'ambassade essaie de m'emmener de force, j'attenterai à ma personne. C'est compris ?

Nouveaux craquements et la communication est encore coupée.

Son ventre proéminent émerge du pyjama, sillonné de veines bleues qui dessinent une géographie particulière. La petite palpite, bouge, déforme la peau, s'installe dans cette mobilité. Diego va arriver d'un moment à l'autre. Elle en est sûre.

Dehors, les gens se hâtent en silence, pressés de rentrer. Elle aimerait marcher à leurs côtés, rentrer avec eux dans leurs foyers respectifs, leur demander de l'héberger.

Par-dessus les accords du *Stabat Mater*, la voix du président lui parvient encore, hachée : “L'histoire est à nous, ce sont les peuples qui la construisent… loyauté… désir de justice… Constitution et loi… trahison… propriétés et privilèges… gaîté… combativité…

seront persécutés… silence… l'histoire les jugera… toujours… plus tôt qu'on ne pense… homme libre… vive le Chili… vive le peuple… ce sont mes derniers mots… mon sacrifice ne sera pas inutile…"

Une part d'elle-même refuse d'avaler ces propos, de les transformer en réalité. Combien de fois ont-ils nommé le putsch des militaires, combien de fois en ont-ils discuté et l'ont-ils redouté, jusqu'à ce qu'il se niche dans leur conscience, mais pas au point de croire qu'il se réaliserait, car les limites du possible laissaient un recoin pour l'impossible, et ils étaient là, dans cet infime fragment où vivent les rêves, où rien ni personne ne pourrait les atteindre. Toute à ces réflexions, pendant qu'elle résiste de toutes ses forces, quatre avions de combat, obscurs et massifs, rasent les têtes des quatre tours à des hauteurs différentes. Le son est celui d'un vent amplifié des millions de fois, le vent furieux qui mord et va rattraper la Preciosa du poème.

Quelques secondes plus tard, on entend un fracas sourd et lointain, comme des rochers géants s'abattant sur une surface dure. Une tache de poussière, de fumée et de matière s'élève dans le ciel soudain effacé. "Diego", prononce-t-elle en portant les mains à la bouche. D'autres fracas. Le nuage noircit, enfle, grandit. Tout se déroule au ralenti, au rythme de la musique et de son auspice de mort. Elle entend des cris, des hurlements d'horreur ou d'euphorie, elle ne sait. Et croit percevoir des flammes qui se découpent sur le bleu éteint du ciel.

Elle voit Diego, entend son rire, sa voix énergique et enthousiaste, elle voit ses yeux rougis après des nuits d'insomnie, elle voit les poings qui se dressent, les drapeaux rouge, blanc, bleu. Et pendant que les images se succèdent sous ses paupières fermées, comme celles d'un vieux film mort, les larmes coulent sur ses joues, son cou, sa poitrine, atteignent son ventre qui palpite et change de forme sous les mouvements impétueux de la petite.

Les militaires ont pris le pouvoir. La radio passe en boucle les rapports, les instructions, le nouvel État s'installe. Elle les écoute tous. Ils parlent d'"anarchie", de "dérèglement moral", d'"irresponsabilité", de "gouvernement illégitime". Le rapport numéro dix est une longue liste de personnes qui, si elles ne se présentent pas avant quatre heures et demie au ministère de la Défense, seront hors la loi. Diego est sur cette liste.

Une pensée efface toutes les autres. Diego, à cet instant précis, pendant qu'elle sèche ses larmes sur la manche de son pyjama, éprouve la même commotion, la même envie de crier, de renverser le temps, d'imaginer que rien de tout cela n'arrive réellement, le même déchirement devant cet espoir déchiqueté, devant l'horreur à venir, devant l'extinction d'un monde. Son monde. Un fil de désolation traverse les rues vides et arrive jusqu'à lui. Ce fil les réunit.

Le président est mort. Loi martiale. État de siège. Couvre-feu. À cinq heures du soir, la ville est vide. Du haut de sa fenêtre, elle voit les véhicules militaires sillonner l'avenue, certains à toute vitesse, d'autres avec la lenteur d'un sous-marin. Le soir laisse tomber sa brise. Elle essaie de se lever. Ses membres sont engourdis. Tout en elle est froid. Si quelqu'un la touchait, se dit-elle, il trouverait le tranchant d'un glacier.

À la radio, elle entend une voix rocailleuse, une modulation sèche et primitive : "Sortir le pays du chaos, la junte assurera le pouvoir… l'activité des chambres est suspendue… jusqu'à nouvel ordre, c'est tout."

Elle est devant le téléphone. Une fois de plus, elle compose le numéro de Paula. Elle a besoin de parler à quelqu'un, d'entendre une voix. Mais la sonnerie insiste à l'autre bout du fil et résonne à ses oreilles comme sous une voûte vide. Elle va se préparer encore du café. Surtout ne pas s'endormir, attendre qu'enfin le téléphone sonne. Que Diego rentre. La ville au loin s'illumine et s'obscurcit comme un bateau. Elle appuie la tasse bouillante contre sa joue. Une douleur cuisante. L'ascenseur s'est tu. Par la fenêtre ouverte, le fleuve envoie des rafales de puanteur. Elle regarde le moïse en osier qui émet un éclat doux et clair dans un coin du salon. Un artisan l'a fabriqué pour la petite. Elle a fini hier de broder des étoiles bleues à l'intérieur. Par moments, dans le silence, elle entend la détonation sèche des balles, le crépitement des mitrailleuses, leur cadence féroce. Le temps s'écoule, abrutissant et creux, comme inhabité.

Un tissu tombe lentement et passe devant la baie du salon. Elle se penche et s'aperçoit que c'est un drapeau chilien que quelqu'un a jeté par la fenêtre. Le tissu s'étale et se tasse, enfle et se creuse avec indolence, descend en alternant les couleurs, rouge, blanc, bleu, et devient finalement une tache inoffensive sur le macadam. De retour à son poste de guet, épuisée, elle s'abandonne à une lourde monotonie, attend, écoute le grincement du rocking-chair et murmure une litanie : Diego, Diego, Diego, Diego, dix, vingt, trente, cent fois.

ALLÉGRANGOISSANT

Morgana somnole dans le rocking-chair tandis que le temps file en cahotant. Un jour et une nuit à écouter chaque grincement de l'ascenseur, les sirènes, les chars blindés qui sillonnent l'avenue. Elle n'a pas voulu s'étendre, par crainte de ne pas entendre le téléphone sonner. Son père a appelé plusieurs fois pour la convaincre de partir, mais chaque fois elle a maintenu sa décision de rester jusqu'à ce que Diego vienne la chercher.

Elle s'accroche au café noir pour ne pas sombrer dans l'inconscience. Une profonde langueur la handicape. Elle ne sent ni la faim ni le froid, comme si ses fonctions biologiques s'accordaient une pause. Elle doit se nourrir, pour la petite, mais les vomissements des premiers mois de sa grossesse sont revenus. Dans ses heures d'insomnie elle a écrit à Sophie, lui rappelant les mots qu'elles inventaient : bagarrêver, allégrangoissant, nuagemmerder. Il leur fallait des mots nouveaux pour inventer le monde, et chacun d'eux les rapprochait. Elle a essayé d'en inventer d'autres pour conjurer la peur, mais en vain. Les sons n'ont fait qu'accroître son désarroi et sa solitude.

Quand elle entend la sonnette, ses jambes sont engourdies par des heures d'immobilité. Quelqu'un l'appelle par son nom, derrière la porte. Cette voix qui vient du couloir est-elle réelle ou issue de ses rêves ?

— C'est toi, Paula ? demande-t-elle tout bas.

— Je viens te chercher.

De grosses larmes glissent sur ses joues. Elles tombent dans les bras l'une de l'autre.

— Tu t'es vue, une vraie catastrophe ! dit Paula en éclatant de rire.

— Et toi, alors ? réplique Morgana en passant les doigts sur ses yeux.

Paula, sans perruque, les cheveux coupés aux ciseaux, les lèvres fines et décolorées, la gorge découverte, a le culot et la spontanéité d'un enfant.

— Tu vois, je n'ai pas besoin de changer d'apparence, il a suffi que je redevienne moi. On doit filer en vitesse, dit-elle en reprenant son sérieux.

Elle lui explique que Diego est une des vingt personnes les plus recherchées du Chili.

— Ils vont venir t'arrêter, Morgana. Tu es le chemin le plus direct pour arriver jusqu'à lui. Il est en sécurité, mais il ne peut pas encore entrer en contact avec toi.

Morgana cherche à en savoir plus, mais Paula l'interrompt sèchement. La femme longtemps cachée sous ses perruques reste chaleureuse, mais elle est intransigeante. Pendant que Morgana s'habille, Paula lui demande la clé de l'appartement de Diego. Elle doit y récupérer des documents qui ne doivent pas tomber aux mains des militaires.

Morgana acquiesce, docile, silencieuse. Tout lui paraît si énorme qu'elle a du mal à tout saisir. La gravité et l'ampleur des événements, au lieu de la réveiller, d'aiguiser ses sens, l'engourdissent. Elle fait une valise pour Diego et une pour elle. Dans la sienne elle met soigneusement les vêtements et les affaires essentielles pour la petite. Dans celle de Diego elle met quatre livres qu'il lisait, du linge et, dans une enveloppe, les derniers poèmes d'Anne Sexton qu'elle a copiés pour lui. Elle se rappelle quand il décrétait d'un air supérieur que le caractère intime et confessionnel de sa poésie en faisait un poète mineur, avant de modifier peu à peu son jugement devant l'évidence de ses vers.

Quand elle referme la valise, ses jambes se dérobent sous elle, et tout le poids de la réalité lui tombe dessus. Elle agit comme s'il y avait une continuité. En toute logique, Diego trouvera forcément ces poèmes à un moment ou à un autre. Soudain elle comprend qu'ils sont entrés dans un temps et dans un espace où la raison n'a plus cours. Il est possible qu'elle ne le revoie plus jamais.

La petite, au fond de son ventre, se met à gigoter, à exiger qu'elle se reprenne. Mais ses coups de pied lui donnent un sentiment de plus grande faiblesse. Quand Paula revient de l'appartement de Diego, elle la trouve à genoux, la tête appuyée contre le lit, les yeux fermés.

Il est temps de partir, Morgana rassemble ses forces et emporte son orchidée, malgré les protestations de Paula, qui la conduit chez Nena et Roberto, un couple de médecins qui veut bien la cacher. Avant d'arriver, Paula la prévient qu'ils la connaissent sous le nom de Carolina Cortés ; ils savent qu'elle attend un enfant et qu'elle est en danger. C'est tout. Raison suffisante pour l'aider.

Ils ne l'ont jamais vue, et pourtant ils l'accueillent avec la familiarité de vieux amis, au salon, une grande pièce décorée d'objets provenant de différentes parties du monde, dont les baies donnent sur un grand jardin soigneusement entretenu. Amalia, leur fille de cinq ans, caresse son ventre rebondi. Roberto dit qu'il a appris de source sûre qu'après le couvre-feu, les camions sillonnent les rues désertes, chargés de cadavres. Et que les avions de l'armée de l'air ont lâché des bombes à La Legua, au sud de Santiago. En les écoutant, Morgana se sent défaillir. Elle se tourne vers Paula, qui secoue la tête.

— Il n'est ni à La Legua ni dans ces camions, dit-elle.

Paula ne reste pas longtemps. À six heures du soir, les rues pavoisées de drapeaux chiliens se vident. Ils regardent les informations. Ils entendent les voisins manifester leur joie et ils sont accablés.

La nuit, elle est hantée par l'image du général Pinochet, lèvres pincées et regard caché derrière des lunettes noires. Dans son insomnie, elle entend les rires et les explosions lointaines que le silence engloutit aussitôt. Santiago, la ville de Diego, la ville où il se rendait tous les matins, s'est recroquevillé de l'autre côté du fleuve. Elle se sent incapable d'éprouver une désolation plus profonde. Pour résister, elle essaie d'ouvrir une clairière dans ses pensées et d'y déposer un souvenir. Elle essaie d'imaginer son père au couchant, son heure préférée, après les activités de la journée, quand il ouvrait un livre, assis dans sa bergère ; puis d'évoquer des souvenirs plus proches, avec Diego, sa première rencontre dans l'ascenseur, la plage, le voilier qui traversait l'horizon quand ils s'étaient touchés pour la première fois, mais les images lui semblent rigides, aseptisées, comme si elles provenaient d'un film, et pas de sa vie.

*

Elle se réveille dans un lit étroit, les draps à fleurs sont douillets. Par une fenêtre à petits carreaux, elle voit une lune blanche, immobile dans un ciel fuyant. Elle ne sait plus où elle est. La chambre est rose et une longue frise de fées suit les murs en dansant. Sur une étagère, huit yeux bleus dardent sur elle l'expression vide des poupées. Soudain tout lui revient en mémoire. C'est la chambre de la fille de Nena et Roberto. Dans un coin, à côté d'un ours en peluche géant, son orchidée dort.

Toute petite, elle s'imaginait qu'elle était autre chose, n'importe quoi, le but était de ne pas être là. Parfois, en regardant une pierre, elle rêvait qu'elle était cette pierre, dure, insensible, ou bien le miroir du salon, toujours attentif, toujours changeant. Maintenant, elle pourrait se prendre pour une orchidée, ainsi elle n'aurait pas besoin de porter son ventre qui se contracte et se détend depuis minuit, à des fréquences de plus en plus rapprochées, de plus en plus violentes. Elle n'a jamais eu peur de la douleur physique, et elle sait qu'elle peut résister. Mais une nouvelle contraction, plus douloureuse que les précédentes, l'oblige à se redresser. Elle arpente la pièce pieds nus en respirant profondément. À chaque inspiration, elle sent la douleur reculer. Elle se concentre sur le bruit de ses expirations. Un jour limpide émerge du ciel uniformément bleu. Elle fait trois pas, se retourne, recommence sous le regard inhabité des poupées. Soudain, une contraction beaucoup plus forte que les autres la plie en deux. Elle s'assied sur le lit et essaie de respirer vite, sans interruption. Pour la première fois depuis des mois, elle n'a plus cette peur qui, en dépit de ses efforts pour la contrôler, lui échappait par la voix, par les yeux, par ses doigts tremblants, envahissant tout son univers.

Quelques secondes plus tard, elle voit le visage ensommeillé de Nena dans l'encadrement de la porte. Elle a dû entendre ses gémissements.

— Tout va bien ? demande-t-elle.

Elle s'assied et lui prend la main. Sa voix l'enveloppe comme une embrassade.

— Je crois que je vais avoir ce bébé maintenant, déclare Morgana en esquissant un sourire.

TOUTE DE MAJESTÉ ET DE NOBLESSE

En la regardant dormir dans son giron, Morgana pense qu'en dépit de ses doutes et de ses appréhensions, la petite s'est faite toute seule, avec courage et discrétion. Elle a tissé ses poumons, ses oreilles et sa bouche, organisé ses doigts. Cette notion, qui est apparue dans une aura de lumière, a tout changé. Et elle l'a aimée. Elle l'aime pour sa ténacité, pour sa perfection, pour sa beauté minuscule. Elle l'aime parce qu'elle lui appartient. Elle aime ce petit corps qui bat et respire contre sa poitrine.

Elle est née à sept heures dix du matin. Une infirmière lui a dit qu'elle n'avait jamais vu un accouchement aussi facile. Quand on lui a donné la petite, celle-ci a aussitôt cherché le sein.

Un épais rideau couleur crème, noué de part et d'autre de la fenêtre, laisse entrer la lumière comme une poussière blanche. Le soleil matinal scintille sur les barreaux métalliques du lit, sur les murs blancs et nus. Nena et Roberto l'ont amenée dans cette clinique où ils travaillent tous les deux. Elle a été admise sous son nom d'emprunt, sans autre formalité. L'après-midi, Paula lui a apporté ses nouveaux papiers. La petite remue le pied et semble soupirer dans son sommeil.

— Pourquoi soupires-tu ? lui demande doucement Morgana. À quoi penses-tu ? Quelle fourmi, quelle souris a traversé tes yeux ?

Elle se rappelle le poème qu'Anne Sexton avait écrit pour sa fille Linda. Dès qu'elle sera rentrée chez Nena, elle le recopiera pour elle. Son index effleure ses paupières et son front, suit les minuscules protubérances de sa tête.

— Je dois t'avouer quelque chose, ma précieuse. Il vaut mieux que tu l'apprennes maintenant. Je ne peux pas te promettre grand-chose. Je ne peux pas te promettre que tu seras heureuse.

Elle a des picotements dans les yeux. Elle se redresse sur les coussins pour chasser la tristesse. Maintenant, la lumière éclaire la chambre encore plus vivement. Elle rassemble ses cheveux et noue son chignon avec un crayon qu'elle trouve sur la table de nuit.

Elle se tourne vers la fenêtre où des nuages blancs s'effilochent paresseusement. Les bruits de la clinique ne parviennent pas jusqu'à elle. L'atmosphère est si douce qu'elle en oublie ses malheurs. La seule chose au monde qui compte, c'est que la petite, à son réveil, recollera ses lèvres sur ses seins.

On frappe. Sans attendre de réponse, un couple entre. L'homme tient un bouquet de fleurs qui cache son visage. La tenue traditionnelle de la femme lui rappelle sa mère. Jupe plissée, gilet bleu en cachemire, chemisier blanc et chaussures plates. Sous l'épais maquillage et la perruque, elle reconnaît Paula. Son cœur bat plus fort. Mais son regard s'attarde sur l'homme, grosses lunettes, costume noir et moustaches, qui la regarde avec des yeux embués. Il pose vite l'index sur ses lèvres pour empêcher Morgana de crier. Paula lui dit bonjour tendrement et lui demande comment elle se sent. Puis elle déclare qu'elle descend quelques instants à la réception, et les laisse seuls.

Diego s'assied au bord du lit, prend la main de Morgana sans quitter des yeux le profil assoupi de la petite sur le sein de sa mère. Le mamelon obscur a encore la trace du liquide blanchâtre qu'elle vient de téter.

— Elle est jolie, murmure Diego. Elle est jolie, répète-t-il.

Il penche la tête sur l'épaule de Morgana et l'entoure de son bras. Elle aimerait fondre en larmes, mais elle se retient. Diego parcourt délicatement les traits de la petite. Ils ne disent rien. Morgana caresse ses cheveux, maintenant plus courts. Il relève la tête et la regarde, lui dit que sa beauté est différente, que son sourire farouche et rebelle s'est assagi, qu'il a laissé la place à une douce paix. Morgana plaisante sur la nouvelle apparence de Diego et ils rient tous les deux.

— Maintenant, nous pouvons l'appeler par son nom, déclare Diego. Antonia.

— Oui, Antonia.

Le nom d'Antonia est apparu lors d'une promenade au parc forestier. Morgana fut séduite par sa simplicité et sa puissance quand Diego l'évoqua. Antonia, toute de majesté et de noblesse.

Diego l'étreint. Cette proximité fervente attendrit Morgana, qui lève la tête, le regarde dans les yeux et y reconnaît le même étonnement. Elle remarque qu'en dépit de l'angoisse et de la peur qui les harcèle, son étreinte exprime tout le bonheur qu'ils s'offrent l'un à l'autre. Elle se demande si elle ne vit pas l'instant le plus heureux de son existence. Peut-être s'agit-il simplement de se dire à soi-même, oui, c'est le moment le plus heureux de ma vie, une conviction qui en s'affirmant ouvre à d'autres instants à venir, encore plus heureux. Ou peut-être s'agit-il du contraire. En figeant ce moment sous une telle étiquette, on le revêt d'une lumière qui va le rendre incomparable. Il est possible que la seule façon de protéger le bonheur soit de l'ignorer.

LA MAISON

Ils traversent des rues bordées de maisons basses qui ont l'air inachevées, de murs dont les messages superposés sont devenus incompréhensibles, de terrains vagues où le soleil se réverbère comme dans un mirage. Paula conduit sa 404 et regarde sa montre. À côté d'elle, Morgana tient Antonia dans ses bras. Pour tromper l'attente, Paula fait un détour, et un autre plus long en évitant de repasser par les mêmes rues. Les gens vont et viennent sur les trottoirs. Morgana pense que chacune de ces personnes se dirige vers un lieu déterminé, dans une intention bien précise. Une quotidienneté qui suit son cours et dont elle ne fait plus partie. Sa vie est devenue un changement perpétuel.

La nuit, dans son refuge provisoire où elle tient Antonia dans ses bras, elle entend au loin des détonations étouffées. Alors, dans l'obscurité, elle l'étreint, essayant de maîtriser son amour, sa haine et sa peur. Paula est son ange gardien. C'est ainsi qu'elle l'appelle : "Mon ange gardien." Paula au volant la regarde du coin de l'œil avec son expression toujours prudente, qui ne sourit pas, mais qui ne l'abandonne jamais. Morgana porte des lunettes noires et ses longues boucles ont disparu. Des cheveux raides et courts encadrent son visage et lui donnent un air austère et résolu. C'est l'heure. Paula fait un dernier détour et se dirige vers le lieu convenu. La rue déserte est plongée dans une attente inquiète. Elles doivent s'approcher prudemment de l'automobile qui transporte Diego : si cette dernière ne s'arrête pas, c'est qu'il y a du danger. Une 2CV apparaît au carrefour suivant, s'approche et se gare du côté opposé.

— Maintenant ! dit Paula.

Tout va très vite. Morgana serre Antonia contre elle, prend son sac, descend de la voiture et court vers la 2CV. Les mouvements brusques réveillent Antonia et elle se met à pleurer. En quelques secondes, elles se retrouvent auprès de Diego, sur la banquette arrière. Sans cesser de regarder la rue, il lui presse la main sans dire un mot et le conducteur démarre sur les chapeaux de roue. Les pleurs d'Antonia prennent de l'ampleur dans cet espace réduit. Diego porte un costume café, une cravate et l'élégante moustache de bellâtre des années cinquante. Sous l'aspect rigide de sa toilette, son corps semble diminué. Il a des traits figés, et son teint pâle semble ne pas avoir vu la lumière depuis longtemps. Antonia pleure toujours. C'est la première fois qu'ils se retrouvent depuis la clinique, trente-quatre jours auparavant. Morgana met Antonia au sein et la petite tète avec délice. Elle n'a pas suivi les conseils de Nena qui, patiemment, lui a expliqué comment alterner le sommeil et les repas d'Antonia. Morgana est toujours à la disposition de sa fille. C'est l'ancrage qui rend la vie possible, qui empêche que tout parte à la dérive.

Le ciel se couvre, fatigué de cette longue journée estivale, et un voile crépusculaire flotte au-dessus des toits. Deux ou trois carrefours plus loin, Diego lui demande de fermer les yeux. Morgana laisse retomber sa tête sur son épaule. Il passe le bras au-dessus du sien et la serre contre lui. Morgana l'entend respirer, un sifflement presque imperceptible émis par ses poumons. La voiture fait des détours, s'arrête, repart. Elle sent l'humidité entre sa tête et l'épaule de Diego, la sueur de l'un se mêle à celle de l'autre. La 2CV s'arrête. Elle peut rouvrir les yeux, mais il vaut mieux qu'elle ne regarde pas la rue, lui dit Diego. Moins elle en saura sur son lieu de résidence, plus elle sera en sécurité. Elle entrevoit quand même le petit jardin devant la maison, où le sourire d'un nain en argile leur souhaite la bienvenue. En entrant, une odeur d'huile brûlée et de chou-fleur frappe les narines, donnant une illusion de normalité. Une femme sans âge, avec une queue de cheval, coupe du pain à la cuisine. Elle regarde furtivement Morgana et les salue d'un hochement de tête.

— La camarade Ana, dit Diego en les présentant l'une à l'autre. C'est la propriétaire de la maison, même si ici nous coopérons tous, n'est-ce pas, Ana ?

La femme acquiesce, avec un sourire tout en dents blanches et régulières.

Diego l'entraîne au bout d'un couloir dont la pénombre inquiétante serpente dans la maison. On entend des voix au fond. En face d'une petite fenêtre, Diego ouvre une porte et l'introduit dans une chambre : un lit et un bureau recouvert de paperasses et de livres. Sur le lit, un mouton en peluche les regarde. C'est tout ce que j'ai pu trouver, dit Diego en écartant les bras en signe d'impuissance.

— Elle va adorer, mon chéri, c'est sa première peluche, dit Morgana en passant la main sur l'épiderme synthétique du mouton.

Ils s'asseyent sur le lit. Morgana installe Antonia contre un oreiller blanc, et Diego embrasse son visage endormi. Il l'observe, prend ses menottes, essaie d'écarter les doigts minuscules qui sont repliés dans la paume, l'embrasse encore.

Par la fenêtre, dans le petit intervalle qui sépare la maison du mur mitoyen, Morgana voit un arbre squelettique qui se découpe avec la précision naïve d'un dessin d'enfant. Toutefois, la vision de ses feuilles bercées par la brise la réconforte.

— C'est moi qui l'ai planté, dit Diego en voyant qu'elle contemple l'arbre. Il végétait dans la cour arrière. Je me suis dit qu'en arrivant tu aimerais voir quelque chose de vert et de vivant. Mais très vraisemblablement la prochaine fois que nous nous verrons il ne sera plus là, murmure-t-il, pour protéger sa fragile intimité. Morgana réveille Antonia par ses caresses.

— Je veux que tu voies ses yeux.

Antonia remue bras et jambes et bâille, les yeux grands ouverts. Diego la prend dans ses bras, la berce, et elle ne tarde pas à se rendormir.

— Ah, j'adore ta nouvelle tête, dit-il.

Il saisit le menton de Morgana et l'embrasse sur la bouche. Un court baiser qui les électrise.

— Mais ce n'est pas moi.

— Ni moi non plus, réplique Diego, et ils éclatent de rire tous les deux.

— M. et Mme Personne, dit-elle en souriant.

Diego se laisse tomber sur le lit et l'enlace. Morgana pose la tête sur sa poitrine. Ses doigts suivent le relief de ses côtes saillantes, dessinent des cercles sur ses yeux clos et des sourires sur sa bouche.

On entend les voix des camarades dans une pièce voisine, et au loin les bruits de la rue : les aboiements d'un chien, les sifflotements d'un rémouleur et, plus loin encore, le bourdonnement de la ville qui s'ajoute au long soupir de Morgana. Elle ferme les yeux. Le profil obscur de l'arbre se fixe au fond de ses pupilles avec une mutité obstinée. Elle entend le cœur de Diego dans son oreille. Antonia dort à côté d'elle. Le temps s'arrête. Il lui passe la main dans les cheveux. En rouvrant les yeux, elle croise son sourire sous lequel est tapi un élément qu'elle ne reconnaît pas. Elle se rend compte que, comme le sien, le changement de Diego est beaucoup plus profond qu'il ne le paraît. Elle a envie de pleurer, à cause de l'amour qui la paralyse, de l'impuissance et de la nature transitoire de tout. L'avenir, la minute suivante même, est incertain. La seule certitude, c'est qu'ils sont ici, côte à côte, et qu'ils respirent.

— Tu dois quitter le Chili, ma chérie, dit Diego d'une voix calme. Paula nous a dit que tes parents ont obtenu l'accord de l'ambassade d'Espagne pour t'accorder l'asile.

— Parce que je suis espagnole et fille de franquiste. Non, Diego, je ne pars pas sans toi.

— Pour le moment je ne peux pas bouger. Il y a beaucoup à faire. Mais toi, tu dois partir. Pour Antonia.

— Pas sans toi, insiste Morgana.

— Il suffit d'une seule dénonciation pour que toi aussi tu deviennes une des personnes les plus recherchées du Chili. Il s'agit d'une guerre, Morgana.

Elle pose un doigt sur ses lèvres pour lui imposer silence. Ils se touchent, se reconnaissent sans un soupir, sans un halètement. Ils s'entremêlent dans l'étreinte. Morgana sent la dureté de Diego contre son ventre. Quand il la chevauche, le couloir exhale un bruit étouffé. Des pas énergiques vont et viennent. Le volume des voix augmente. Diego s'écarte, tend l'oreille, sourcils froncés. Ses yeux fatigués sont fixés sur la porte. L'après-midi se disloque, l'obscurité se faufile, introduit ses éclats glacés, dévoile la nudité de la pièce et son caractère provisoire. Antonia, dans un coin du lit, pousse des gémissements imperceptibles. L'agitation se calme dans le couloir, Morgana le serre contre elle, l'embrasse. Un liquide tiède et doux humidifie leurs lèvres. Elle retarde chaque geste, avance par petites touches vers le sexe inerte. Elle imagine avec optimisme que rien n'a changé, qu'elle est toujours la jeune fille capricieuse qui peut changer le cours des événements. Elle le guide et sa bouche l'aide avec ardeur, avec désespoir, à retrouver sa vigueur, mais c'est peine perdue.

Diego l'arrête. La luminosité du soir baisse d'un ton. N'étaient leurs yeux humides et rougis, ils pourraient feindre qu'il ne s'est rien passé. Mais tous les deux ont un chagrin terrible, une tristesse que les mots sont incapables d'apaiser, et qu'ils n'auraient pu soulager qu'en faisant l'amour. Morgana, la gorge serrée et les poings crispés, pense qu'elle vient d'apprendre quelque chose de nouveau. Les tristesses ne sont pas toutes les mêmes. Certaines sont traversées par la peur, la haine, le désespoir, et d'autres sont pures, se répandent dans le corps, violentes, profondes et fortes. Diego se redresse. Les pas et les voix du couloir se réveillent. On frappe à la porte. À quelques rues d'ici, un quartier a été bouclé, leur dit-on. Ils perquisitionnent, Morgana doit partir, Diego aussi, mais pas ensemble.

*

Le départ intempestif contrarie les horaires décidés avec Paula. Morgana l'attend tout l'après-midi dans une maison où on l'a conduite. C'est pourquoi maintenant la Peugeot roule à toute allure, sautant dans les nids-de-poule, traversant les quartiers de la périphérie qui commencent à se vider avant le couvre-feu. Elles croisent des camions militaires, le ventre chargé de casques noirs. Dans le centre, une patrouille, à quelques mètres devant eux, arrête les voitures.

— Si nous faisons demi-tour, nous devenons suspectes, dit-elle. Il faut avancer. Tu peux t'en sortir, n'est-ce pas ? Ne dis rien, contente-toi de leur obéir. Antonia, la petite Antonia, nous protégera.

Quand elles passent devant la patrouille, un militaire les arrête et leur demande de sortir. Obéissant aux ordres, Paula lève les bras et les pose sur le toit de la Peugeot. Morgana serre Antonia contre elle et lève l'autre bras pour imiter Paula. La petite se met à pleurer. Un soldat fouille l'intérieur, la boîte à gants, sous les sièges, le coffre. Derrière elles, des rires, des plaisanteries, des cris. Elle sent le souffle de l'homme glisser le long de son cou et elle est écœurée. Elle essaie de calmer Antonia et en même temps elle regarde Paula qui, les yeux fixés droit devant elle, impassible, ne remarque pas son appel à l'aide. Dans les immeubles voisins, les fenêtres sont dans la pénombre. On dirait que les habitants veulent cacher leur existence, comme les rares passants qui, sans regarder les femmes qui viennent d'être arrêtées, pressent le pas et disparaissent dans l'obscurité. Elles entendent soudain le cri aigu d'un soldat :

— Et cette merde, c'est quoi ?

Une longue perruque noire pend au bout de son bras comme une tête décapitée. Les cris du soldat deviennent plus énergiques, pendant que derrière elles les ricanements redoublent d'intensité.

— Répondez-moi, c'est quoi cette connerie ? Vous ne seriez pas des terroristes, par hasard ?

Paula ne prononce pas un mot et le groupe de soldats qui se tenait à l'écart se rapproche, prenant les femmes en tenaille.

— J'ai un cancer, dit Paula sans se retourner, en passant la main sur son nez avec énergie, dans un geste presque masculin. Je suis sous traitement, dans une semaine, je serai complètement chauve.

— Remontez dans la bagnole, et vite, avant qu'on change d'avis. Ça, on le garde, dit l'homme en brandissant la perruque. On va la refiler à ce pédé de Cuevas, s'exclame-t-il en s'adressant aux soldats, qui explosent de rire, des rires qui les poursuivent quand Paula redémarre, et qui continuent à coller aux tympans pendant un bon moment.

Des centaines de mètres plus loin, à l'angle des rues Los Leones et Providencia, elles voient une grande flambée au milieu de la rue et ralentissent. Des soldats jettent dans les flammes les livres qu'ils sortent d'une pile. Les lettres brûlent et se tordent sous le plafond bas et oppressant de la nuit. La fumée monte et plonge l'atmosphère dans un halo d'irréalité. Les deux femmes se regardent. Morgana presse la main de Paula qui, accrochée au volant, tremble encore, tandis qu'Antonia adresse son babil à la lune penchée à la fenêtre.

L'INFINI EST TOUJOURS BLEU

Ses parents sont arrivés d'Espagne ce matin. D'après Paula, le plus sûr était de les rencontrer dans la famille qui l'accueille actuellement. Trois mois se sont écoulés depuis leur dernière rencontre, et leur présence lui rappelle un phare qui, au loin, indique l'incroyable distance qui la sépare de la zone de sécurité de son enfance.

Pendant que les maîtres de maison, Isidoro et Eliana, jouent avec leurs enfants dans le jardin, elle se lance avec ses parents dans une conversation pleine de ruelles obscures. Manuel et Elena veulent savoir où elle est allée, comment elle s'est débrouillée. Mais elle ne peut pas leur donner beaucoup de précisions sans mettre en danger sa sécurité, celle de Diego et de tant d'autres.

Après le déjeuner, Morgana montre à sa mère la chambre qu'elle occupe avec Antonia. La petite babille dans sa poussette sous un halo de lumière. Morgana la regarde et se rappelle sa gaîté inaltérable quand elle était petite. Elle montre à sa mère l'orchidée qui a perdu ses fleurs, maltraitée et défaillante. Et le poème qu'Anne Sexton avait écrit à sa fille, qu'elle a recopié pour Antonia.

— Papa deviendrait fou, s'il savait que le premier poème de sa petite-fille est écrit par une Américaine insolente, dit-elle, et elles éclatent de rire.

Elena se penche vers l'intérieur du moïse en osier. Un univers blanc et ouaté où brillent les étoiles bleues que Morgana a brodées.

— Comme c'est joli.

— Il paraît que l'infini est toujours bleu, explique Morgana en essayant de donner de la légèreté à ses propos.

Elena relève la tête. Elle a les yeux humides. Elles s'embrassent, assises sur le lit.

— Maintenant que je suis maman, je pense beaucoup à toi, murmure Morgana sans se détacher de sa mère.

— Je n'en mérite pas tant, ma fille, répond-elle d'une voix hésitante.

La réponse de sa mère rompt l'enchantement. Tout est encore sur la même faille. La bouffée de rage qu'elle a éprouvée une infinité de fois au cours de sa vie revient l'aiguillonner. Mais ce qu'elle était incapable de supporter auparavant, l'incapacité de sa mère à sortir d'elle-même, n'est plus qu'un arrière-goût d'amertume. Elle peut même comprendre l'enchaînement de circonstances qui a fait de sa mère une victime professionnelle.

— Ça va aller, affirme-t-elle. Et elle se surprend à tremper ses doigts dans les larmes qui coulent sur les joues encore fermes de sa mère.

De retour au salon, son père lui propose une petite promenade. Il veut lui parler, dit-il, et Eliana, la maîtresse de maison, leur suggère d'aller sur la place qui est deux rues plus loin.

*

Manuel et Morgana déambulent sur les chemins gravillonnés de la place. Loin de la tension imposée par la nervosité de sa mère, Morgana raconte à son père ce qu'a été sa vie ces derniers mois. Elle lui parle de Paula, sans la nommer, de leur grande amitié, de toutes les personnes qui l'ont aidée, comment elle a dû soudain ouvrir les yeux, sortir de cet état d'inconscience et de rêve dans lequel elle avait vécu jusqu'alors. Mais elle ne lui parle pas de la peur.

— J'espère qu'avec tous ces changements et déménagements à droite et à gauche, tu n'as pas perdu Lorca, hein ? s'inquiète Manuel.

La question de son père était inattendue. Il serait trop long de lui expliquer les raisons pour lesquelles elle a offert le livre à Sophie, sans même savoir si elle le conserverait ou le jetterait à la poubelle.

— Non, je ne l'ai pas perdu, mais j'ai un aveu à te faire, déclare-t-elle pour détourner son attention. Je t'ai trahi. En voyant le choc sur le visage de son père, elle éclate de rire. Tes poètes espagnols ne sont pas les seuls poètes au monde.

— Pour moi, si, réplique Manuel d'un ton grave, derrière lequel se dessine un sourire.

Un ballon arrive dans leurs pieds. Morgana le ramasse et le relance vers un groupe d'enfants qui attendent avec impatience. La lumière d'été est en suspens. Tout parle de bonnes intentions, de bon sens. Les rires des enfants qui jouent, les femmes qui papotent sur les bancs en berçant leur progéniture dans les poussettes, les filles qui passent devant les garçons, cigarette au bec sous les arbres. Un quotidien que Morgana avait oublié. Elle respire. L'air s'est allégé. Malgré tout, soudain, elle croit voir une grande farce. La ville suit son cours imperturbable, résolue à oublier les persécutions, les exécutions, la torture.

— Tu dois savoir pour quelle raison nous sommes revenus ici avec ta mère : nous voulons vous remmener avec nous, Antonia et toi. Vous devez quitter ce pays, déclare Manuel.

— Tu sais très bien que c'est impossible, papa. Je ne vais pas laisser Diego et il ne va pas partir. C'est simple et c'est décidé.

Ils se disputent. Morgana soutient qu'ils ne sont pas les seuls, qu'il y a de dizaines de couples qui vivent dans la clandestinité, qui ont des enfants, une famille. Alors, pourquoi pas eux ? Manuel est désespéré, il déploie tout son talent oratoire, mais Morgana écoute à peine ses arguments. Elle ne veut pas succomber à la peur et accepter la proposition de son père.

Sur le chemin du retour, le ciel se pare d'un éclat pourpre.

— Je vais essayer, papa, mais je ne te promets rien, dit Morgana.

Elle a accepté d'en parler avec Diego. Manuel a peut-être raison. Quand on est à l'étranger, la lutte contre la dictature est parfois plus efficace.

— Je t'assure, je vais essayer, je te le promets, mais je veux que ce soit bien clair pour toi : si Diego n'accepte pas, nous restons.

Isidoro et Eliana les attendent sous le porche. Eliana se frotte les mains et en les voyant arriver elle plonge le regard dans les pavés de l'entrée. Isidoro les regarde d'un air contrarié. Auprès d'eux se trouvent sa valise, le berceau et l'orchidée qui a perdu ses fleurs. Quelques pas derrière, sa mère tient Antonia dans ses bras.

— Que s'est-il passé ? demande Morgana sans perdre son calme.

— Nous vous attendions. Paula a été arrêtée, dit Isidoro avec un soupir sec. Tu ne peux pas rester ici. Elle sait où tu es. Nous allons t'emmener ailleurs, tout de suite.

Morgana sent le bras léger de son père lui entourer les épaules.

— Tu lui as dit ? demande sa mère.

— Oui, Elena, répond Manuel. Mais ne parlons pas de cela maintenant. Où l'emmenez-vous ? demande-t-il à Isidoro.

— Nous allons la déposer chez des amis, mais ce ne sera pas sa destination finale, répond-il en prenant la valise de Morgana. On y va, ajoute-t-il.

— Nous devrions prendre Antonia avec nous à l'hôtel, elle sera plus en sécurité, dit Elena.

— Ah non ! s'exclame Morgana en dissimulant à grand-peine sa violente émotion. Antonia reste avec moi. Attendez-moi une seconde, s'il vous plaît, et elle se précipite dans la maison.

Elle regarde par la fenêtre de l'entrée qui donne sur une cour couverte de pierres. Elle respire vite, par à-coups. Un grenadier pousse au milieu. Ses feuilles vibrent au vent, comme celles de l'arbre du refuge de Diego, elles inspirent la sérénité. Elle se rappelle le crâne rasé de Paula. Elle secoue la tête. La lumière du soir brille sur les pierres. Elle se passe les mains sur le visage et sort.

— On peut y aller, dit-elle.

ET SOUDAIN, LE SILENCE

La 2CV traverse des rues presque désertes. À trois heures de l'après-midi le soleil inonde tout et noie dans sa luminosité blanche les détails qui donnent leur nom aux choses. Quelques silhouettes émergent et disparaissent dans la lumière. Le jeune homme qui conduit et l'emmène auprès de Diego s'appelle Camilo, comme le petit ami de Sophie. Mais ce n'est sûrement pas son vrai prénom. Et sa dégaine fragile contredit le portrait séduisant et viril que Sophie donnait de lui. C'est la première fois qu'elle est séparée d'Antonia plus de deux heures, et celle-ci lui manque déjà. Elle a accepté de la confier à ses parents, à l'hôtel *Carrera* où ils sont descendus. Elle ne pouvait pas continuer d'exposer sa fille aux dangers de la clandestinité, disaient-ils, et Sophie a dû s'incliner devant leurs appréhensions. Les rues ont tendance à se dissoudre, la chaleur augmente, le jour se dilate et semble ronger la marge d'air qui subsiste.

— Nous allons passer devant la voiture où se trouve le camarade, dit Camilo en consultant sa montre. Il nous reste quelques minutes. Nous allons faire un tour supplémentaire.

Morgana trouve que son haleine sent le tabac.

— Merci, dit-elle.

Camilo ne répond pas. Il ne l'a peut-être pas écoutée, ou alors il a décidé de ne pas réagir, car toute réponse à ce "merci" lourd de signification pourrait être l'occasion d'une conversation qu'ils doivent éviter. Camilo allume la radio. Un homme lit d'une voix neutre un de ces communiqués par lesquels, depuis le 11 septembre, la junte militaire fixe ses règles. Interdictions, listes d'hommes et de femmes qui doivent être arrêtés.

Morgana a passé en revue des dizaines de fois la façon dont elle va présenter à Diego la nécessité de partir. Au début, même si elle avait promis à son père d'essayer, elle ne l'avait pas envisagé comme une solution sérieuse. Mais au fil des jours l'idée a fait son chemin, et les fausses ailes de l'espoir se sont imposées. Quitter le Chili, recommencer une vie loin de la peur, pour eux et pour Antonia. Tout est organisé. Diego traversera la cordillère dans le coffre arrière d'une automobile venue d'Argentine. Morgana prendra l'avion avec Antonia et ses parents. Antonia a déjà son passeport espagnol et une fausse autorisation paternelle de quitter le territoire. Cependant, l'image d'une vie heureuse lui est aussi douloureuse – tant elle lui semble improbable – que la peur.

Diego a dû changer de cachette plusieurs fois, et ces dernières semaines ils n'ont pas pu se voir. Après l'arrestation de Paula, l'étau s'est resserré, le danger est plus grand. Morgana lui manque et il craint pour elle. Il a reçu des nouvelles, des nouvelles de l'enfer. Paula est à José Domingo Cañas, le centre de torture. Une maison aux tuiles anciennes où, dit-on, subsiste un châtaignier et un pigeonnier, refuge pour les oiseaux venus de loin à la recherche d'un endroit tranquille. Ils ont renforcé les grilles et doublé les murs pour empêcher qu'on entende les cris à l'extérieur. Elle a été dénoncée par une femme de son propre groupe. Il paraît que la nuit la moucharde partage la cellule des prisonniers, en larmes, et le jour elle va dans les rues montrer du doigt ses anciens camarades. Il paraît aussi que cette femme a perdu toutes ses dents et ses cheveux, qu'elle est livide et n'a plus que la peau sur les os. Mais Morgana ne la plaint pas. Un camarade, ayant été libéré, a raconté qu'il avait vu Paula une fois. Ils avaient partagé une cellule à côté de la salle de torture. Il l'avait reconnue à sa voix quand elle avait demandé de l'eau en gémissant. Ses yeux tuméfiés ne pouvaient s'ouvrir.

Morgana secoue la tête pour se débarrasser de ces images. Dehors, la lumière est creuse. Son espoir est tombé si bas qu'il s'est mis à briller.

— Les voilà, dit Camilo.

La voiture s'arrête du même côté. Il distingue la tête de Diego, ses cheveux noirs et bien coupés, sur la banquette arrière.

— Au revoir, Camilo.

Elle se dirige calmement vers l'autre voiture en se répétant intérieurement qu'elle va convaincre Diego de partir, que dans quelques semaines ils auront tous les trois quitté ce cauchemar, ensemble pour toujours, comme au cinéma, comme dans les romans à l'eau de rose.

Quelques mètres plus loin, elle croise un homme, qui la regarde et ralentit. Morgana entend son cœur battre à coups redoublés. Elle décrète qu'il a le regard d'un homme qui reluque une femme et elle continue d'avancer. Mais avant de monter dans la voiture elle se retourne et voit les yeux de l'homme encore posés sur elle. De nouveau, la peur revient, une décharge qui la secoue de la tête aux pieds.

Sur la banquette arrière, Diego lui adresse un sourire figé. Le chauffeur est chauve, à côté de lui une femme se retourne et la salue, aimable et tendue. La mine inquiète de Diego lui coupe l'envie de l'embrasser. La voiture démarre. Il a maigri, mais il a conservé cette expression résolue. Il lui prend la main, perçoit sa chaleur. Les doigts glissent sur la peau, se cherchent, se trouvent. Elle se dit qu'en dépit de leur déguisement singulier, ils sont là, elle et lui. La voiture emprunte les rues calmes de l'après-midi, les arbres glissent doucement sur le pare-brise, comme s'ils venaient d'un rêve. Le chauve regarde dans le rétroviseur avec insistance. Morgana a remarqué son air agité, et elle s'en inquiète.

— Ma petite Antonia va bien ? souffle Diego.

Morgana répond d'un léger hochement de tête. Ils se regardent, se reconnaissent. Les yeux de Diego brillent. Morgana décèle les flammes dans ses pupilles, qu'elle a si souvent sondées pour débusquer les mystères qu'elles dissimulent, elle en est convaincue. Elle pense que cet instant restera à jamais gravé dans sa mémoire. Le contact rugueux de la main de Diego et sa chaleur, l'image furtive des rues qui défilent, l'agitation qu'on respire.

— Et tes parents, ils vont bien ? demande Diego.

— Tu sais pourquoi ils sont venus, j'imagine ? lui répond Morgana, surprise d'aborder si vite le sujet qui l'empêche de dormir.

— Je le devine.

— Il faut qu'on en parle, mon chéri, nous avons tant de choses à nous dire. On a le temps, aujourd'hui ?

— Oui, on a tout le temps, répond Diego en souriant.

Il prend sa main et la porte à ses lèvres.

— Ne vous retournez pas, nous sommes suivis ! crie le chauffeur.

Une goutte de sueur, aussi grosse qu'une bille en verre, luit et glisse le long de son cou.

— Accélère, crie Diego. Morgana, aplatis-toi par terre, ne relève pas la tête tant que je ne te l'aurai pas dit, compris ?

Morgana ne voit pas ce qui se passe. Sa perception du monde se réduit à des sons et des mouvements, au moteur qui trépigne sous elle, aux cris de Diego, de l'homme et de la femme. "Plus vite", "Ils nous rattrapent", "Ces enfoirés vont nous coincer". On entend des rafales de mitraillette. Sous le siège du conducteur, Morgana découvre un petit cadeau avec des motifs de Noël, verts et rouges. Elle le tâte. C'est une boîte. Un cadeau de Diego pour elle ? Elle se rappelle le conte de Noël où une femme coupe sa longue tresse pour acheter à son amour du tabac pour la pipe, tandis qu'il vend sa pipe pour lui offrir un peigne pour sa tresse.

Les cris redoublent. Par une vitre cassée entrent à flots la chaleur et le crépitement des rafales de mitraillette. De temps en temps, dans les rares moments de silence, on entend le soupir d'une balle, en effet, on dirait un sifflement humain, peut-être un peu plus bref, net et précis. Elle ferme les yeux, s'attendant à être touchée, elle les rouvre, voit les pieds de Diego qui bougent beaucoup. Elle pense à son visage défait, à ses yeux d'ambre voilés de colère. Tout s'accélère, le moteur proteste, il n'en peut plus, on dirait que la voiture va éclater en mille morceaux. Les cris persistent, "Trois autres bagnoles qui rappliquent", "Putain, d'où sortent-elles ?", "Essaie de tourner à la prochaine", puis s'éteignent, comme si un coussin les avait étouffés. Et au milieu de ces sons en sourdine, elle entend un cri aigu, guttural et bref, et voit le sang couler devant ses yeux. Sans relever la tête, elle devine que la femme est tombée, car elle ne dit plus rien. Elle ne peut empêcher le sang de lui couler dessus. Elle tremble, serre le cadeau contre elle. Pas de doute, il est pour elle. Elle se rappelle une chanson de Paul Simon et elle la fredonne lentement : *"My love for you's so overpowering I'm afraid that I will disappear."* Elle ne s'entend pas, sa voix disparaît dans le vacarme, mais elle en discerne les vibrations dans sa poitrine.

Diego s'affaisse, sa chemise est poisseuse, collée à sa peau. Elle sent le poids de son corps, sa chaleur, les spasmes quand il essaie en vain de se redresser. Les roues de la voiture ont sans doute heurté le trottoir, elle est déportée du côté opposé, les vitesses gémissent et l'automobile trépigne, se cabre, tremble. Plus rien de bouge. Elle ne sent plus son corps. Elle entend des cris à l'extérieur, des rafales de projectiles. Et soudain, le silence.

Elle imagine Antonia dans ses bras. Elle est assise dans un fauteuil devant une fenêtre, n'importe laquelle, elles en ont connu tellement depuis qu'Antonia est née, sauf qu'à la fin il s'agit toujours de la même fenêtre, Antonia tète, elle la berce et regarde le couchant, c'est le moment qui précède la dernière lumière, la brise agite les feuilles et les oiseaux rentrent dans leur nid. Elle a fermé les yeux. Le corps inerte et informe de Diego pèse sur le sien. Une douleur à la tête l'engourdit. Pendant que sa conscience et son corps s'éteignent, que des cris s'approchent de son refuge, Morgana imagine ce moment du jour où, avec Antonia, tout semble beau et en même temps nostalgique, cette heure où parfois la tristesse est si forte qu'elle donne un sentiment d'étrange bonheur.

III

SEPTEMBRE 2001

ELLE PENSA QU'ELLE AVAIT OUBLIÉ

— Sophie, ma chérie, ça va ? lance Gérard derrière la porte. J'ai préparé du café.

Elle regarde l'heure. Midi. Elle ne se rappelle pas s'être réveillée aussi tard depuis longtemps. En général elle se met au travail tôt dans son studio, après un crème au bistrot du coin. Cette nuit, elle n'a pas fermé l'œil avant l'aurore, et elle se réveille avec des pans d'incendie collés aux yeux.

— J'arrive, dit-elle d'une voix défaillante, comme si elle revenait d'un long voyage.

Elle sait qu'elle a les yeux bouffis et que son pyjama est trempé de sueur, mais elle n'a aucune pudeur devant Gérard. Elle enfile ses pantoufles et sort de la chambre. Il l'attend dans le salon avec un bol de café fumant.

— Attention, c'est chaud, dit-il en poussant le bol vers elle. Les courses m'ont pris un peu de temps et en arrivant je suis monté te chercher au studio. Ça va ? demande-t-il en la regardant attentivement.

— Si j'étais allée à New York la semaine dernière, comme me l'avait suggéré mon agent, je serais peut-être morte aujourd'hui, dit Sophie.

Ses propos sont crus, mais le ton est apathique et distant. Gérard aime à dire que prétendre l'atteindre, c'est comme vouloir saisir l'air entre ses doigts.

Huit années se sont écoulées depuis qu'il a sonné chez elle. Il annonça dans l'interphone qu'il venait de la part d'Adelle B., son agent, et qu'il lui apportait le catalogue de l'exposition dont le vernissage aurait lieu quelques semaines plus tard à la galerie Bayard. Sophie le laissa monter et se retrouva nez à nez avec un homme dont la beauté tragique la séduisit sur-le-champ. Mais pas de façon physique. Il y avait longtemps qu'elle maniait d'une main ferme la funeste influence que le désir et le romantisme avaient exercée sur son art. En le voyant, elle comprit que Gérard constituerait une source abondante d'inspiration. C'est pourquoi, quand il lui avoua, avec une certaine insolence dans le regard, qu'il n'apportait aucun catalogue, qu'il ne connaissait même pas Adelle B., et qu'avec un peu de chance elle aurait besoin d'un assistant pour monter ses sculptures gigantesques, elle rit de bonne grâce comme cela ne lui était pas arrivé depuis belle lurette. "Tu ne vas pas le regretter", dit-il pendant qu'ils allaient tous les deux au dernier étage où se trouve son studio.

Sophie s'approche de la fenêtre qui accueille le soleil timide d'un midi automnal. En voyant les épais manteaux et les dos courbés des passants, elle comprend que le halo froid du vent du nord glace la rue. Gérard ignore beaucoup de choses de sa vie, mais il est la seule personne qui partage son intimité.

Elle ne sait quand a commencé sa réclusion, mais il est vrai qu'au fil du temps elle s'est désintéressée de tout ce qui l'éloignait de son travail, y compris des gens qui défilaient devant elle de façon presque immatérielle, l'émoustillant légèrement, sans jamais l'atteindre. Sa relation avec le monde se limite à de longues promenades, à des séjours sporadiques dans la maison qu'elle a fait construire pour sa mère à la campagne, aux vernissages où son agent considère sa présence indispensable. La vie qu'elle s'est choisie, dépourvue de relations, n'a de sens que dans les matériaux qu'elle pétrit de ses mains. Non qu'elle n'ait jamais essayé, mais ses efforts ont toujours été vains, comme si la clé maîtresse permettant d'ouvrir l'âme d'autrui lui avait été dérobée.

De la fenêtre, elle voit le jardin du Luxembourg, où quelques marcheurs solitaires se hâtent sur les allées bordées de marronniers. Elle allume une cigarette et, comme chaque fois qu'elle est perturbée, elle regarde sa pointe incandescente. Dans un angle de la pièce, un furet dans sa cage darde sur elle ses yeux ronds, noirs et brillants. Gérard, comme toujours, observe avec calme ses allées et venues.

— Ne fais pas attention quand je dis des horreurs, dit Sophie en balayant l'air d'un revers de main.

Après une quinte de toux, elle écrase sa cigarette dans un cendrier en métal, ouvre une petite boîte en bois, y prend des boulettes jaunes, libère le furet et lui donne à manger dans sa main.

— J'ai trouvé des aubergines au marché. Ah, du fenouil aussi ! Je pensais les préparer ce soir pour toi et Alain dans mon appartement. Qu'en dis-tu ?

— Excellente idée, dit Sophie en souriant, manière d'apprécier les efforts de Gérard pour lui redonner du tonus.

Il y a un assortiment de plumes sur la table, un taille-crayon en forme de globe terrestre, plusieurs flacons d'encre noire et une tasse à thé Oribe du XVIe siècle, qui contient deux bonnes douzaines de crayons.

— Ça va ? demande-t-il encore une fois en haussant les sourcils.

Il se débarrasse de son foulard, mais au lieu de le laisser sur le canapé, il le glisse dans la poche de sa veste pour respecter l'ordre maniaque imposé par Sophie.

Elle dit non de la tête, prend le furet dans ses mains et le caresse. Le petit animal pousse de faibles grognements et essaie de se blottir contre son bras.

— Tu as tout vu, hier, hein ?

Sophie acquiesce.

— Il paraît qu'il y a des centaines de disparus, continue Gérard.

Le mot "disparus" entre en elle, laissant sur son passage un flot de sentiments qui contractent ses traits.

— Oui, je sais, c'est très violent, commente Gérard, attentif à la plus anodine de ses expressions.

Il n'empêche qu'il ne peut savoir le véritable chemin parcouru par ce vocable dans les labyrinthes de la conscience, de la mémoire de Sophie.

Celle-ci regarde autour d'elle la grande pièce aux tons neutres, les poissons bleus dans l'aquarium, la sculpture en métal rouge qui se détache dans un coin, l'ambiance aérée et dépourvue d'ornements dans laquelle les étagères de livres, classés par ordre alphabétique, révèlent sa présence méticuleuse. Un refuge qu'elle a construit pouce par pouce pour se protéger du monde. Pour laisser les souvenirs en rade.

Elle se lève, va dans sa chambre et allume la télévision avec la télécommande. Gérard la suit. Une fois de plus, l'image de l'avion perforant la surface verticale et sombre de la tour. Une fois de plus, le souvenir du palais du gouvernement en flammes.

Elle ne savait pas plus que ces hommes et ces femmes tranquillement partis au travail ce qui allait arriver quelques heures plus tard, elle ne pouvait pas savoir non plus que vingt-huit ans plus tôt, le jour où elle s'était enfuie à Paris, son départ serait définitif. Que ce "jamais" qu'elle avait formulé avec tant de conviction, comme une adolescente, serait un véritable jamais.

Pendant des années, toutes ses décisions furent liées à eux, chaque pas vers l'artiste qu'elle est aujourd'hui fut une façon de prouver qu'elle les avait vaincus. Jusqu'au moment où elle comprit que ce n'était ni la mémoire, ni l'amour, ni même la haine qui vous rendent libre, mais l'oubli. Elle extirpa un à un les souvenirs de sa cervelle, les sortit de leur contexte, de leur lieu, décousit la chronologie, afin que plus rien n'ait de sens. Dépourvues de leur axe, les images se desséchèrent. Et elle se dit qu'elles ne reviendraient jamais.

Elle croyait avoir oublié l'étreinte de Morgana dans ses nuits d'insomnie, la chaleur de son corps l'inondant de paix ; elle croyait avoir oublié leurs voix à la cuisine, pendant qu'elle, ignorant tout, dessinait sur la table de la salle à manger ; elle croyait avoir oublié l'expression radieuse et fière de Diego devant son œuvre ; les soirées au salon, Morgana et elle se déhanchant au rythme des chansons des Rolling Stones, les yeux de Diego passant de l'une à l'autre, son rire, ce rire qui maintenant est devenu pervers dans sa mémoire ; elle croyait avoir oublié l'amitié puérile avec une poète qui n'avait jamais entendu parler d'elles ; l'éclat bleuté de la télévision oscillant sur les murs comme l'eau caressée par le soleil, et Diego, essayant de regarder les informations, qui leur demandait de rire moins fort ; elle croyait avoir oublié ces instants, quand leurs regards se croisaient et en silence scellaient leur complicité ; elle croyait avoir oublié le son des sirènes au loin se clouant dans leur poitrine, la voix de Morgana lui disant "Tu peux, tu peux !" ; les rumeurs du fleuve et cette impression que la vie était à l'endroit où ils se trouvaient tous les trois. Elle croyait avoir oublié qu'une nuit elles avaient nagé nues, que Morgana avait touché son âme, éveillé son corps, ouvert son cœur.

— Chérie – elle entend la voix de Gérard à côté de ses pensées –, tu veux qu'on remette les visites à un autre jour ?

Il vient de se rappeler qu'ils avaient convenu d'aller voir deux immeubles. Gérard essaie de la convaincre de créer une fondation. Un endroit où son travail et l'impressionnante collection d'œuvres d'art qu'elle a rassemblée au fil des années soient bien à l'abri.

— Non, non, tout va bien. Je m'habille et on y va. Laisse-moi quelques minutes.

Gérard monte au studio. Quand Sophie ressort de la salle de bains, un homme d'âge mûr parle à la télévision. Il a l'air d'une personne vieillie par un épuisement extrême.

"Nous avons commencé de descendre. Nous étions sept. Je me souviens de Bobby Coll, Kevin Cork, David Vera et Ron Di Francesco. Dans l'escalier nous avons rencontré une très grosse femme qui avait du mal à marcher. Elle nous a crié : Arrêtez, arrêtez-vous, il faut remonter, il y a trop de fumée et de flammes en bas."

La voix de l'homme est profonde et articule avec distinction, comme s'il choyait les mots, comme s'il leur était reconnaissant de pouvoir les prononcer.

"Chacun s'est mis à donner son avis, certains insistaient pour descendre. À ce moment-là, j'ai entendu des coups. À l'aide, à l'aide, je suis coincé, je ne peux plus respirer ! Il y a quelqu'un ? Quelqu'un peut m'aider ? C'était une voix qui provenait du quatre-vingt-unième étage."

Captivée, Sophie s'assied sur le lit, une serviette blanche nouée à hauteur de la poitrine. Le furet se met en boule dans ses mains, et elle se dit que le brasier qui entoure l'homme est le halo d'un survivant.

"J'ai pris Ron par les épaules et je lui ai dit : Viens, Ron, il faut sauver ce type. Quand on a pu entrer dans le bureau d'où provenait la voix, l'obscurité était totale. Il était difficile de respirer. Mais j'avais ma lampe. J'ai éclairé tous les recoins en demandant : Qui est là, qui êtes-vous ?"

Sophie allume une autre cigarette et lance la fumée au plafond. Le monde redevient un lieu dangereux, irrationnel. Face à cette pensée, tout cet enchevêtrement de détails qui constitue sa vie lui semble ridicule. Une fondation, un musée, des sursauts de l'ego, des tentatives désespérées de durer, de rester vivante dans la mémoire de quelqu'un. Pour ne pas disparaître.

— Disparaître, murmure-t-elle.

Encore eux. La plus grande crainte de Diego et Morgana était de disparaître un jour. Une peur qu'aucun des deux ne sut jamais expliquer, et dont l'intensité pouvait se mesurer à chacun de leurs gestes, de leurs actes, une crainte qui les rapprochait et qui les projetait sur le chemin d'une vie intense. Dans leur désir de vivre, ils ne cherchaient pas à inoculer à chaque instant la possibilité de sa fin.

"Je braquais toujours ma lampe dans toutes les directions. Il a dit : Je vois votre lumière ! Tout était recouvert d'une poussière blanche et cendreuse. En quelques minutes, Ron et moi on a localisé l'origine de sa voix."

Elle leur avait promis que jamais ils ne disparaîtraient. Elle l'avait dit de cette façon, simplement : "Je ne permettrai jamais que vous disparaissiez." Voilà pourquoi elle se mit à faire des dessins pour eux.

"Sa main sortait du mur. Il l'agitait frénétiquement. OK, maintenant je vous vois. Ron s'était couvert la tête avec un sac de sport pour essayer de filtrer l'air, mais il était asphyxié par la fumée et semblait sur le point de succomber. Moi, par miracle, je respirais correctement et j'essayais de dégager les décombres qui coinçaient l'homme. Par la suite, j'ai su qu'il s'appelait Stanley, Stanley Praimnath, et qu'il travaillait à la banque Fuji. Je l'ai attrapé comme j'ai pu et Stanley s'est démené. J'ai tiré de toutes mes forces et on est tombés par terre tous les deux, enlacés. Il était délivré. Il fallait que je revoie ma femme. Il fallait que je revoie mes enfants, quoi qu'il arrive, il m'a dit."

Sophie pousse un profond soupir, comme si chez elle aussi l'air se raréfiait. L'homme regarde la caméra, ses yeux sont d'un vert qui rappelle la mousse. Son regard est tranquille, sans complaisance.

"Ron était retourné dans l'escalier, mais il n'était plus là quand Stanley et moi on y est arrivés. Les autres avaient décidé de monter. J'ai gardé l'image de Bobby Coll et de Kevin Cork, chacun soutenant un coude de la femme : Allez ! tous ensemble. On va vous aider. Et ils sont montés. Je ne les ai jamais revus."

L'homme se tait. C'est un silence sépulcral, serein. Il s'appelle Brian Clark.

Sophie frissonne. Elle se frotte les bras pour se réchauffer. Elle retourne à la fenêtre, espérant voir une image familière qui la recentre. Sur le trottoir, un jeune homme agite le bras et lance sa casquette en l'air, un geste qui lui rappelle les hommes qui accueillaient les héros de guerre. En observant et écoutant les couinements du furet à ses pieds, elle pense à Antonia. La petite Antonia qu'elle n'a jamais connue, qu'elle a décidé d'oublier avec tout le reste. Le parc resplendit sous la lumière de midi. Elle perçoit la beauté contagieuse de l'automne, la chaleur de ses couleurs qui adhère aux trottoirs et aux consciences. Elle aimerait que ses pensées soient vides de toute émotion, froides comme une pierre hivernale dans la paume de la main.

— Antonia, murmure-t-elle, et elle se rend compte que c'est la première fois qu'elle prononce son nom.

CHASSER LA MORT À COUPS DE BÂTON

Si Antonia ne savait pas que l'homme a sauté d'une tour en flammes, elle croirait qu'il vole. Elle écarte les paquets de céréales, le lait et les bols pour le petit-déjeuner des enfants, s'assied et étale le journal sur la table de la cuisine. Elle ne peut quitter des yeux cette photographie en noir et blanc, la silhouette longiligne, la chemise blanche qui, sortie du pantalon, se gonfle en toute liberté, la jambe gauche à peine fléchie, comme s'il avait pris son élan pour sauter en l'air. Elle essaie de toutes ses forces d'imaginer que l'homme, figé sur la photographie, restera à jamais en suspension, qu'il tombera de rêve en rêve sans jamais atteindre le sol.

Quand Ramón arrive à la cuisine, son sac à l'épaule, Antonia cache la photographie sous une assiette. Elle ne sait pas pourquoi. Peut-être parce que les sentiments qu'elle a éveillés sont trop forts, fragiles et inaccessibles à la fois, pour être partagés.

— J'ai oublié le dossier pour le cours de cet après-midi, dit Ramón.

— Et les enfants ?

— Je les ai laissés à l'école et je suis revenu en vitesse.

Une mèche tricolore – comme le pelage d'un tigre – retombe sur ses yeux purs et ses traits vifs. Antonia se renverse sur sa chaise et croise les mains derrière la tête. Ramón s'approche et promène les doigts sur la naissance de son cou.

— Ah, c'est bien agréable ! dit Antonia.

— Rappelle-toi qu'aujourd'hui j'ai une réunion avec les enseignants, je ne rentre pas dîner.

Il dégage les longues boucles qui encadrent le visage d'Antonia et l'embrasse sur le front.

Après le départ de Ramón, Antonia reprend la photographie de l'homme qui tombe entre les tours. Tout en lui distille la classe, la constance, la résignation, mais aussi – et cela la trouble beaucoup – la liberté. Elle referme le journal et range la vaisselle de la veille.

Après avoir tout remis en ordre, elle décide de déplacer son bureau. Elle veut l'installer devant la fenêtre afin de voir la mer. Elle a encore cinq heures de solitude avant d'aller chercher les enfants à l'école.

Il y a deux jours, elle a décidé avec Ramón d'avoir son propre espace de travail. Ils ont déménagé ensemble ses livres, ses photos, les pierres qu'elle a ramassées au fil du temps et bientôt le débarras est devenu un lieu où on dirait que quelqu'un y travaille depuis des années. Une fois la table installée dans son nouveau lieu, elle apporte l'ordinateur, les livres et ses notes. Sa thèse avance lentement. Mais ce matin, la lumière plus vive que d'habitude l'incite à penser qu'aujourd'hui sera un bon jour.

Elle allume l'ordinateur. Dans sa boîte de courrier électronique, il y a un message qui la surprend. Il émane d'une certaine Sophie Monod – qu'elle ne connaît pas – et il a cet intitulé : "Chasser la mort à coups de bâton."

Sa mère ne lui a pas laissé grand-chose. Elle est morte à vingt-quatre ans. Parmi ses biens les plus précieux, il y a un vers d'Anne Sexton que la poète avait écrit pour sa fille Linda et que sa mère a recopié pour elle quelques jours après sa naissance. Ses grands-parents l'ont conservé en attendant qu'elle puisse le lire par elle-même. Elle connaît bien l'œuvre d'Anne Sexton et elle sait que la phrase qui donne le titre au message provient d'un poème qu'elle a écrit pour sa meilleure amie, la poète Maxine Kumin :

"Max et moi / Deux sœurs sans modération / deux écrivains sans modération, / les deux avec nos paquets, / on a conclu un pacte. / Chasser la mort à coups de bâton."

Chère Antonia,

Je tourne en rond en me demandant par où commencer. Le plus simple est peut-être de te dire que j'ai été une grande amie de Morgana, ta mère. On s'est connues au Chili, deux ans avant ta naissance. Il y a si longtemps.

Tu dois maintenant avoir vingt-huit ans, n'est-ce pas ? Tu vis en Espagne ? Que fais-tu ? Autant de questions qui doivent te paraître bien étranges de la part d'une inconnue. J'habite à Paris, mais pour moi il ne serait pas difficile de te rendre visite, où que tu sois. Ainsi pourrait-on faire connaissance. Cela me ferait très plaisir. Tu penses que c'est possible ?

Affectueusement,

Sophie

P.-S. : Le titre de ce courrier est tiré d'un poème d'Anne Sexton. Elle était notre amie imaginaire.

P.-S. 2 : Tu vas peut-être te demander comment j'ai obtenu ton adresse. Le monde est un mouchoir de poche. C'est José Moreira, ton professeur à l'université de Madrid, qui me l'a donnée. Il y a des années qu'il m'envoie des textes de nouveaux poètes, que j'ai parfois inclus dans mon œuvre d'artiste. De temps en temps aussi il m'envoie ses essais. Dans l'un d'eux, parmi les étudiants qui l'avaient aidé dans ses recherches, j'ai trouvé ton nom. Antonia Abréu. Je vois que tu portes le nom de ta mère. Moi aussi, je porte celui de la mienne.

Après sa lecture, Antonia se tourne vers la fenêtre où s'écrase le soleil. Elle cherche sa parcelle de mer et la trouve. Les mots de Sophie Monod ont rouvert un coffre fermé depuis des années. Celui des questions et des souvenirs disloqués auxquels elle n'a jamais pu donner un sens.

Elle a besoin de revoir l'homme qui tombe, de découvrir ses yeux, sa bouche, ses traits flous. D'après le journal, la chute a dû atteindre les deux cent cinquante-huit kilomètres-heure. Elle imagine l'instant où le plancher qui le portait s'effondra, quand le feu l'atteignit, la fumée rendant toute respiration impossible, alors, chassant la mort à coups de bâton, il sauta. Il sauta et le ciel devint pour lui beaucoup plus haut, plus profond.

OÙ SONT-ILS ?

— Encore une fois, s'il te plaît… lui demande Eloísa d'une voix rauque qui surprend dans ce corps menu de fillette.

— Je vais te le raconter à l'oreille, parce que ton frère dort, mais c'est la dernière fois, compris ?

Antonia répète tout bas le conte de l'anneau magique qu'elle a entendu de la bouche de son grand-père. Elle n'a pas beaucoup avancé quand la respiration de sa fille Eloísa devient presque imperceptible. Elle reste quelques minutes assise sur le lit, à regarder ses enfants endormis. Sebastián a hérité des traits réguliers de Ramón. Le charme d'Eloísa, en revanche, vient de ce que chez elle tout semble disproportionné.

Elle retourne lire le courrier de Sophie Monod, qui écrit qu'elle a connu sa mère au Chili. Antonia a toujours su qu'avant de naître, la carrière diplomatique du grand-père les a conduits à vivre dans différents pays : Mexique, France et même Haïti. Mais elle n'avait jamais entendu parler d'un séjour au Chili. Son ignorance ne la surprend pas. Elle a grandi dans un univers de silences et de propos évasifs, élevée par ses grands-parents dans l'idée bien arrêtée qu'elle n'avait pas à participer aux grands débats de la vie, surtout s'ils avaient un rapport avec ses propres parents. D'après les grands-parents, leur mort dans un accident d'automobile dans les rues de Madrid, trois mois après sa naissance, était trop traumatisante et trop triste pour entrer dans les détails. Même si Antonia n'avait jamais souffert de leur absence – elle ne pouvait pleurer la perte de parents qu'elle n'avait jamais eus –, à l'âge adulte les omissions et son ignorance se mirent à la perturber. Mais il était trop tard quand elle voulut savoir qui était son père, cet homme dont ses grands-parents n'avaient jamais parlé, quand elle voulut comprendre sa mère, la jeune femme aux épais sourcils et à l'air provoquant qui la regarde encore sur les photographies, essayant de lui dire quelque chose par-delà les décennies, avec son sourire plein d'espoir.

C'est d'abord la grand-mère qui partit, et quelques mois plus tard le grand-père. Au chagrin de cette perte s'ajouta la conscience qu'ils avaient emporté sa mémoire, toute possibilité de répondre à ses propres questions.

Elle se rappelle qu'elle se mit à jeter ses rares souvenirs contre les murs. Elle attendait qu'ils explosent et que des images en sortent, comme le lait de la noix de coco se répand quand on la brise. Et elle en avait, des occasions où, en dépit des efforts des grands-parents, elle avait l'impression d'être aux rives du mystère. La mention du Chili réactive un de ces moments que par leur intensité elle n'avait jamais oubliés.

Elle devait avoir huit ou neuf ans et elle accompagnait sa grand-mère aux soldes d'été à Madrid. Elles se pressaient pour prendre le bus du soir quand elle les vit. Ils n'étaient pas nombreux, sans doute une trentaine, mais leurs pas résonnaient sur le macadam. Ils avançaient sur le côté de la Gran Vía et brandissaient des pancartes. Sur chacune, la photographie d'un visage et un nom. Ana, José, Juan, Rosa, Pedro, Rafael, Esteban, Jacinta… La grand-mère s'arrêta et pressa sa main. Elle se rappelle la force de ses doigts qui tremblaient dans les siens, sa peau rêche. Une des pancartes, la première, montrait l'image floue d'un enfant. Il s'appelait Clemente. Soudain tout s'arrêta, les visages en noir et blanc des pancartes, les pas de ceux qui les portaient d'un air solennel. "Où sont-ils ?" cria un homme à tue-tête, et d'autres voix se joignirent à lui : "Où sont-ils ?", "Où sont-ils ?", inlassablement.

Les oiseaux qu'elles aimaient à regarder, la grand-mère et elle, sur la place de Oriente, s'étaient rassemblés au-dessus de leurs têtes, et ces silhouettes aériennes les escortaient. Antonia se dit que ces hommes et ces femmes, accompagnés par les oiseaux dans les rues de la ville, devaient avoir des pouvoirs magiques. Elle voulait voir Clemente, l'enfant qui marchait à la tête des magiciens. Elle lâcha la main de sa grand-mère et s'élança pour le rattraper. La grand-mère cria : "Non, non, non… !" Une ribambelle de "non" qui s'avouaient déjà vaincus. Antonia rejoignit la femme qui portait la première pancarte et lui demanda qui était Clemente. Elle lui répondit que Clemente avait disparu en même temps que sa mère, au Chili. Antonia étudiait l'Amérique latine en cours de géographie cette année-là, et elle se rappela que le Chili était une longue frange de terre sur le côté gauche du continent. "Où sont-ils ?" se remit à crier une voix, et les autres se joignirent à elle, la femme aussi, qui, après lui avoir caressé la tête, reprit sa marche. La grand-mère, essoufflée d'avoir couru, l'attrapa par le bras avec une vivacité qui ressemblait presque à de la violence et l'entraîna. Ses doigts lui faisaient mal. Jamais auparavant la grand-mère ne s'était comportée de la sorte.

UN FIL DE SOIE

Grillant d'impatience, Sophie allume l'ordinateur. Ce qui au début n'était qu'une impulsion est devenu un besoin. Elle veut la voir, elle a besoin de connaître Antonia. En attendant que l'écran s'allume, elle sort le furet de sa cage et lui donne à manger. Le furet lui chatouille la main avec ses moustaches. Elle ouvre son courrier et s'émeut en voyant le nom d'Antonia Abréu.

Chère Sophie,

Votre courrier m'a surprise, je dois être honnête. C'est la première fois qu'on me parle de ma mère depuis des années.

Je vis dans une île face à la côte méditerranéenne espagnole, je suis mariée et j'ai deux enfants, Eloísa et Sebastián, respectivement quatre et sept ans. J'ai étudié la philologie à l'université Complutense de Madrid, comme vous le savez déjà. C'était avant la naissance des enfants. Maintenant qu'ils sont un peu plus grands, je prépare ma thèse. Il n'y a pas grand-chose à dire sur ma vie.

Je vous ai cherchée sur Google et c'est ainsi que j'ai appris que votre œuvre est liée à la poésie. Les arbres de lettres géants m'ont paru magnifiques, surtout les poèmes qui vont d'arbre en arbre sur des filaments de soie. Votre exposition à la Tate Modern de Londres est impressionnante.

Je ne sais pas quel intérêt vous pouvez avoir à me connaître. Comme je vous l'ai dit, je mène une vie tranquille et même si je ne suis pas très douée pour la vie au foyer, presque toute mon énergie passe dans mes deux petits diables et je n'ai plus beaucoup de temps pour le reste.

Mais si vous avez vraiment envie de me rencontrer, vous pouvez venir dans ce recoin du monde quand vous voudrez.

Antonia

P.-S. : Je vous écris quand ils dorment tous, et soudain l'idée m'est venue que l'avenir est un fil de soie, comme les vôtres, que quelqu'un lance pour qu'un autre l'attrape.

Je ne me doutais absolument pas, jusqu'à présent, que ma mère avait vécu au Chili.

Sophie ne cesse de relire les mots d'Antonia. Cet être monstrueux que Morgana portait dans son ventre la dernière fois qu'elle l'avait vue est aujourd'hui une femme. Sa sœur. Elle essaie de l'imaginer. Sa vie, ses enfants. Son excitation est telle que pendant quelques instants tout le reste semble renvoyé, en toute insignifiance, sous les limites de son propre monde. Mais ce qui la bouleverse le plus, c'est la dernière phrase, où Antonia, sans le savoir, lui révèle une chose qu'elle n'aurait jamais imaginée.

AILLEURS

— Chérie, tu es sûre de ce que tu fais ? lui demande Gérard avec un entêtement las.

Gérard lui a posé cette question des dizaines de fois, et maintenant, en la conduisant à l'aéroport d'Orly, il lui lance des regards soucieux, prêt à faire demi-tour et à rentrer au premier mot de Sophie. Elle lui sourit et hoche la tête en regardant les gros nuages noirs qui se profilent au fond du ciel. On entend le tonnerre au loin, sec et tranchant comme un coup de fouet.

Il ne comprend pas comment Sophie, du jour au lendemain, a pu décider de renoncer à son travail une semaine entière. Mais surtout, et il le lui a répété jusqu'à la satiété, ce qu'il ne comprend pas et l'inquiète, c'est qu'elle n'a pas été capable de lui expliquer l'objectif de son voyage. Il sait que l'incertitude, le manque de précision et d'ordre peuvent mettre à bas le laborieux et fragile échafaudage qui la tient en équilibre.

— Ce n'est pas à cause d'Alain, hein ? s'enquiert Gérard.

Elle renverse la tête en arrière pour respirer. La pluie se déchaîne.

— Je te l'ai dit mille fois, je trouve formidable que tu sois avec Alain. Franchement, Alain est le meilleur amoureux que tu aies jamais eu, souligne-t-elle en essayant de donner à ses mots un semblant de spontanéité et de conviction.

— Justement.

Elle n'a pas froid, mais elle cache ses doigts dans les manches de son manteau. La peau de ses mains est si fine que sous sa surface on croit deviner le labeur de ses os, de ses jointures, de ses tendons.

— Je suis ravie que tu aies rencontré Alain, je t'assure.

Elle a raconté à Gérard le strict minimum pour apaiser sa curiosité. Trempés de pluie, le macadam a tourné au noir et les arbres au vert foncé. L'impulsion qui l'habite n'est pas rationnelle. Elle provient de cet espace intangible qu'elle a toujours rêvé d'atteindre au moyen de son art, sans y parvenir. Sans doute parce qu'elle ne s'est jamais autorisée à penser qu'elle pouvait le trouver ailleurs, non pas dans la complexité de ses dessins ou dans les calculs mathématiques, mais dans la vie.

— Dans son premier mail, Antonia m'a dit que l'avenir est un fil de soie que quelqu'un lance pour qu'un autre l'attrape.

— Et comme ça, maintenant, c'est elle ton avenir ? Ne me demande pas de regarder d'un bon œil cette lubie soudaine de partir rejoindre une femme que tu ne connais pas parce qu'elle écrit bien ! déclare Gérard en soulignant le dernier mot sur un ton sarcastique.

— Je m'attendais à ton ironie, dit Sophie en souriant, car elle n'a aucune envie de se disputer.

Gérard, les mains crispées sur le volant, lui lance encore un regard sceptique et se concentre sur la chaussée mouillée. La main de Sophie sort de sa manche et tapote doucement l'épaule de son ami.

— Regarde-moi.

Au feu suivant, les yeux transparents de Gérard se posent sur les siens.

— Tout va bien aller.

Gérard tend le bras, lui remet soigneusement en place le col de son manteau.

— Gérard, je sais qu'aucune des explications que je t'ai données ne te paraît convaincante. Mais tu dois me faire confiance. De plus, Alain et toi, vous pouvez toujours venir me sauver !

Et son rire découvre ses dents régulières.

— Tu sais quoi ? Je l'ai compris le matin où tu t'es endormie, le lendemain du 11 noir, tu t'en souviens ?

— Qu'est-ce que tu as compris ?

— Qu'il t'était arrivé quelque chose. Les deux fois, c'est le 11 septembre, n'est-ce pas ?

Sophie lui donne raison sans le regarder. Derrière la fenêtre, les nuages semblent la surveiller et se complaire à lui cacher le soleil. Ils quittent l'autoroute et entrent dans l'aéroport.

— On arrive. Ton avion part du terminal 2, dit-il.

La pluie redouble d'intensité et le ciel, acculé, finit par s'éteindre.

— Je sais que tu ne vas rien me raconter. Je suppose que c'est très important, pour en arriver à ce que tu es en train de faire.

— Ça l'est, répond Sophie. Elle enfile ses gants et l'embrasse. Merci.

Elle pose le pied sur le trottoir et ouvre son parapluie. Gérard l'aide à sortir la valise du coffre.

— Au revoir, mon chéri, n'oublie pas de nourrir les poissons et le furet, dit-elle.

Elle sent, derrière son sourire, se faufiler obscurément la peur. Aussi prend-elle sa valise et sans se retourner se dirige d'un pas vif vers la zone d'embarquement.

PETITS RITES

Ramón a proposé de l'accompagner pour chercher Sophie Monod, mais Antonia préférait y aller seule. Et maintenant, elle pense que c'est peut-être une erreur de ne pas avoir accepté. Elle craint d'être intimidée en sa présence.

Soudain elle la voit au milieu des passagers qui franchissent la porte des arrivées : elle regarde autour d'elle et Antonia s'avance en agitant les bras. Sur Internet, elle a trouvé des photos d'elle qui lui ont permis de se faire une idée de son apparence. Elle est plus grande qu'elle l'avait imaginée, et plus mince. D'une élégance discrète, austère et distinguée, et son expression a la même facture discrète et raffinée que sa toilette. Quand elles sont face à face, Sophie lui donne un baiser furtif. Leur maladresse est telle que les deux joues s'entrechoquent.

— Excuse-moi.

Et elle esquisse un sourire si timide qu'il a l'air de demander la permission de se poser sur ses lèvres.

— Le voyage s'est bien passé ? demande Antonia.

— Oui, très bien. S'il y avait un vol direct, nous serions à deux heures de distance, mais la correspondance à Madrid rallonge beaucoup, explique Sophie.

Son espagnol n'a pas d'imperfections, mais son accent révèle son origine française.

Après avoir parlé, Sophie l'observe furtivement mais avec attention, les bras ballants, sans bouger. Son long cou et ses cheveux courts dégagent son visage qui ne sait où se cacher ; une tourmente où son regard semble s'être égaré. L'éclat trouble de ses yeux et le tremblement du menton présagent qu'elle pourrait fondre en larmes d'un instant à l'autre. Elle se laisse observer, mal à l'aise, et Antonia pressent que cet instant revêt pour Sophie Monod une signification qu'elle ignore.

Dans la voiture, Antonia lui demande encore si elle n'a pas eu de problème pendant le voyage, et Sophie lui confirme que tout s'est bien passé.

Sans les estivants, l'île est plutôt mélancolique, surtout autour des plages, où les échoppes vides sont fouettées par le vent du soir. Dans les jardins solitaires du *Gran Hotel* on voit des arbres exotiques qui s'apprêtent à résister à l'hiver qui approche. Les parasols blancs sont repliés. Si Eloísa les voyait, se dit Antonia, elle dirait qu'ils ressemblent à des balais magiques prêts à s'envoler.

Sophie baisse la fenêtre. Quand ses yeux croisent ceux d'Antonia, celle-ci détourne le regard et noue ses doigts avec inquiétude. Elles passent devant la mairie, la poste, la grand-place. Antonia lui parle de l'île et s'aperçoit que Sophie regarde tout avec attention, mais ne l'écoute pas, comme plongée dans ses pensées, alors elle se tait. Le ronronnement de la vieille voiture altère le silence. Elles montent en direction de la partie la plus haute de l'île et, à la sortie de chaque virage, la mer offre son bleu immense et aveuglant.

— Je peux te déposer à ton hôtel pour que tu te reposes, et je passerai te prendre plus tard pour dîner à la maison. Je dois aller chercher les enfants à l'école.

— Je ne suis pas fatiguée. J'aimerais t'accompagner. Si ça ne te dérange pas, bien sûr.

— Chercher les enfants ?

— Bien sûr, chercher les enfants, répète-t-elle, et à son sourire on sent que cette idée la réjouit.

— Je dois aussi passer au supermarché, ajoute Antonia, se disant qu'une activité aussi banale va la décourager, mais Sophie ne renonce pas et répond par le même sourire qu'elle est enchantée d'y aller avec elle.

Par la fenêtre ouverte s'engouffrent des rafales de vent tiède qui gonflent les manches de la blouse blanche de Sophie. Peu à peu, Antonia aiguise la vision qu'elle a de Sophie. Cette dernière a le halo stoïque de ceux qui sont habités par une détermination ferme, mais son silence et ses gestes renvoient l'image d'un être inapte aux avatars de ce monde. Les rues sont bordées de maisons peintes en blanc, d'arbres aux feuilles déjà colorées par l'automne. Une femme élégante s'arrête et ouvre une ombrelle, un vol d'oiseaux se pose sur un fil électrique, les arbres projettent leur ombre violente sur la chaussée et le rétroviseur capte le soleil quelques instants.

*

Devant les portes du collège, elles attendent les enfants avec d'autres parents. Une jeune femme vient bavarder quelques minutes avec Antonia avant de retourner auprès de son groupe. Soudain, les enfants se ruent dehors. Parmi les têtes qui s'agitent, Antonia repère Eloísa et Sebastián.

— Voici mes enfants, dit-elle en les montrant du doigt.

Sebastián, un gamin plein de taches de rousseur, a des cheveux couleur miel et sautille, comme s'il était monté sur ressorts. Eloísa, plus petite, marche lentement, l'air concentré, et dégage une certaine maturité.

— Le petit qui sautille sans arrêt et la fille à tresses qui marche avec sérieux, n'est-ce pas ? demande Sophie.

— Oui, exactement.

L'enfant regarde sa mère met un pouce en l'air. En revanche, la fille ne lève pas les yeux.

— Eloísa est très réservée. J'ai parfois l'impression qu'un jour elle verra tout, dit Antonia avec une gravité soudaine.

— De quoi parles-tu ? demande Sophie.

— Je ne sais pas, tant de choses... Le non-sens caché derrière les petits rites de la vie, par exemple.

À côté d'elle, un père soulève son fils et le juche sur ses épaules. L'enfant rit.

— Et j'imagine que lorsqu'elle se mesurera à moi, je n'aurai pas de réponses à lui donner. Allons, j'ai vraiment de drôles d'idées ! dit Antonia.

Sophie allume une cigarette, aspire plusieurs bouffées et la jette. Avant que les enfants les aient rejointes, elle ajoute :

— Je suis sûre que Morgana sautillerait avec lui et chatouillerait la petite pour la faire rire.

Antonia sursaute. Depuis leur rencontre à l'aéroport, elle espérait l'entendre prononcer le nom de sa mère.

— C'est elle qui m'a offert le premier poème, poursuit-elle. En réalité, tous les poèmes de mes premières œuvres.

Sa voix est si fragile qu'elle donne l'impression qu'une souffrance la brise de l'intérieur.

Leurs regards se croisent, et cette fois Sophie ne se dérobe pas. Antonia voit dans ses yeux un désir qu'elle ne saurait définir, mais qui est là, nu, pour elle.

— Maman, regarde, dit Sebastián. – Un écureuil passe la tête hors de son sac. – La maîtresse me l'a donné ce matin, pour que je m'en occupe. Tu m'aideras ? dit-il en plantant ses yeux ambrés dans ceux de Sophie.

Antonia perçoit le choc que Sebastián produit sur Sophie. C'est pourquoi elle prend le sac de son fils et lui dit :

— On verra. Pour le moment, il vaut mieux se dépêcher. Ton père a oublié ses clés et il va arriver d'un moment à l'autre.

LE MONDE D'ANTONIA

Les enfants installés sur la banquette arrière de la voiture l'appellent par son prénom et lui posent des questions auxquelles Sophie répond en articulant : son accent est peut-être difficile à comprendre pour eux. Sebastián lui tapote l'épaule et avance la tête pour la regarder. Le contact de ses mains et son odeur un peu acide la gênent.

Quand elle a remarqué l'enjouement d'Antonia qui agitait les mains à l'aéroport, elle a cru qu'elle ne pourrait pas supporter la rencontre. Sa ressemblance avec Morgana lui était, et est encore, douloureuse. En outre, elle a vu que les mondes qui les entourent sont diamétralement opposés et qu'elle aura du mal à établir le contact.

Dans ces avenues arborées et sereines, Sophie aimerait diluer son angoisse dans des mots, mais en vain. À l'arrière, les enfants se chamaillent. Elle a l'impression que leur colère est violente, adulte.

— Ça suffit, dit Antonia sans élever la voix. – Elle les surveille dans le rétroviseur, et en profite pour se jeter un coup d'œil et se passer la main dans les cheveux pour dégager son front.

Sophie est impressionnée par son indulgence, mais c'est peut-être ainsi qu'on doit élever les enfants, se dit-elle.

Après avoir traversé l'île jusqu'à l'extrême nord, Antonia gare la voiture dans une rue tranquille, sur une colline à quelque distance de la mer, devant une maison étroite et tout en longueur, qui semble ne pas avoir poussé en ligne droite. Un pin en bordure traverse la terrasse du deuxième étage, comme si on l'avait construite dans ses branches. En rentrant, Eloísa font en larmes. Elle a oublié à l'école son dragon à tête de fourmi.

Pendant qu'Antonia range les courses à la cuisine, les enfants tourbillonnent autour de Sophie et lui montrent leurs jouets, qu'elle regarde à peine. La maison d'Antonia a beau être chaleureuse, elle l'intimide. Sophie n'aurait jamais imaginé qu'un lieu puisse contenir tant de choses. Pas un coin où le regard ne rencontre des meubles, des jouets, des livres, des papiers, des magazines, des tableaux, des dessins punaisés aux murs, sans compter les collections, par exemple des allumettes dans un pot en verre, des aéroplanes miniatures alignés sur les étagères. Tout occupe un emplacement incertain. On dirait que les objets sont arrivés là par hasard et qu'ils pourraient aller ailleurs du jour au lendemain. Les meubles sont disproportionnés par rapport à l'espace et ressemblent aux dépouilles d'un monde plus vaste. Au milieu de ce tourbillon, Sophie repère une photographie de Morgana. Son regard impétueux, sa chevelure abondante rassemblée en tresse, la Morgana qu'elle a connue. Sur une table d'angle, elle trouve d'autres photographies dans leur cadre en argent. Les parents de Morgana, Antonia le jour de son mariage, le petit Sebastián en maillot de bain tenant un trophée entre les mains, qui a la forme d'un poisson. Elle cherche un portrait de Diego et n'en trouve pas. Les enfants poussent des cris aigus. Elle a la poitrine oppressée. Elle pousse une porte en espérant trouver la salle de bains.

Elle tend les mains, paumes vers le bas, sous le robinet. Puis elle les retourne sous le jet, et renouvelle l'opération plusieurs fois. Ensuite, elle prend le savon, fait beaucoup de mousse et se frotte les mains. De nouveau les paumes vers le bas, puis vers le haut, pour chasser la mousse. Elle retrouve peu à peu son calme perdu. Quand elle ressort, Antonia l'attend. Eloísa, collée à ses jambes, regarde l'intérieur de la salle de bains d'un air grave.

— Ah, je pensais que tu allais rester là pour toujours ! plaisante Antonia. Viens, je t'ai préparé une eau citronnée, dit-elle en la conduisant à la terrasse que Sophie avait repérée en arrivant. Tu pourras souffler un peu pendant que je m'occupe du bain des enfants. C'est Ramón, mon mari, qui va faire la cuisine ce soir, il ne va pas tarder.

Malgré sa ressemblance avec Morgana, Antonia donne l'impression d'être mieux enracinée que ni Morgana ni elle ne le furent jamais. Sa solidité la touche. Elle semble provenir de la résolution farouche de ne pas succomber au charme du monde de l'intangible. Elle le remarque à ses gestes retenus, justes, qui jugulent l'angoisse de ses yeux.

Assise dans un rocking-chair, Sophie regarde le pin qui surgit au milieu de la terrasse et donne l'impression qu'on se trouve dans un jardin. Une brise marine secoue les bougainvilliers qui poussent derrière les balustrades. Elle enlève ses chaussures plates et sent la tiédeur du bois, sous la plante des pieds. Autour d'elle, tout s'installe, posément, à sa place provisoire : la table, les pots d'hortensias bleus et mauves, le tricycle. Au loin, dans les nuages, les premières étoiles saupoudrent leurs éclats sur la pâleur du ciel. Elle ferme les yeux et entend les voix d'Antonia et des enfants qui descendent du troisième étage et la rejoignent. Elle ne sait combien de temps s'est écoulé quand elle l'entend dans son dos.

— Sophie, je voudrais te poser une question. – Penchée au-dessus de la terrasse, elle l'observe avec attention, elle tient Eloísa dans ses bras. – Quel est le premier poème que ma mère t'a offert ?

— Il a un titre très particulier. "Je sais que voir et entendre un triste est énervant", répond Sophie sans hésiter.

— "Je m'en vais, m'en vais, mais je reste, mais je m'en vais, désert et sans sable", récite Antonia, et elles sourient toutes les deux.

Eloísa dit qu'elle a faim et Antonia retourne à ses tâches. Sophie ramène ses pieds nus sur la chaise à bascule. Une émotion lointaine la secoue violemment et disparaît. Si elle avait eu un peu plus de courage, elle aurait essayé de toucher cette émotion avant que celle-ci se dissolve, se dit-elle.

*

Antonia et Ramón sont d'avis que la brise marine annonce la pluie. Antonia fume, Sophie aussi. Elle a une couverture en laine que Ramón a étendue sur ses jambes. Ils boivent le champagne qu'elle a apporté de Paris pour fêter la rencontre. Elle a aussi apporté des cadeaux pour les enfants. Un camion électrique pour Sebastián, et pour Eloísa un coffret de perles. Elle est persuadée qu'Eloísa n'a pas aimé son cadeau. Quelque part dans la maison, on entend une guitare de flamenco aux accents plutôt modernes. Ramón et Antonia se balancent sur un rocking-chair défoncé. Sans lâcher la main d'Antonia, Ramón braque ses yeux noirs sur Sophie quand il lui parle. Sa conversation inspire la sympathie. Il est mince, au point que les os semblent l'emporter sur la chair. Il a des gestes lents mais sans paresse, comme si chaque chose avait une place importante dans son échelle de priorités, aussi petite ou banale qu'elle puisse paraître aux yeux d'un esprit pragmatique. Il a tranquillement préparé un dîner qu'ils ont dégusté à la lueur de deux chandelles.

Au loin, les lumières des bateaux scintillent en grelottant dans la pénombre. Sophie fait des ronds de fumée qui se battent quelques instants contre le vent avant de se désintégrer. Ils parlent des grands-parents d'Antonia et de la famille de Ramón. Antonia boit sa coupe à petites gorgées et tient sa cigarette un peu maladroitement. Lui, il raconte que son arrière-grand-père est arrivé dans l'île, fuyant les rigueurs de la peste ou de la loi, la question n'a jamais été tranchée. En revanche, Antonia appartient à une famille installée là depuis des temps immémoriaux. Une famille de lettrés : maires, juges et ministres. D'où la carrière diplomatique de son grand-père. Dommage qu'il ait été diplomate sous Franco, précise Antonia, mais sa dévotion pour la poésie l'a toujours préservé de l'inhumanité. Une passion dont ont hérité sa fille et sa petite-fille, se dit Sophie.

— Mesdames, je suis au regret de devoir vous quitter, annonce Ramón avec un sourire contraint

– il s'est levé et il embrasse Antonia sur les lèvres. Demain, mon premier cours est à sept heures.

— Je vais prendre le temps de finir ça avant de monter, dit Antonia en levant sa coupe.

— Moi aussi, renchérit Sophie.

Elles avaient décidé que cette nuit Sophie dormirait dans le bureau d'Antonia, dans le lit où elle s'allonge souvent pour lire. Quand Ramón disparaît derrière les vitres du salon, une membrane de silence les enveloppe. Antonia ne pose pas de questions. Et Sophie ne veut pas l'assaillir de ses propres inquiétudes. Elle se rappelle le dernier post-scriptum de son premier message. Pourtant, elle ne se doute pas de l'ampleur de sa propre ignorance.

Antonia prend son visage dans ses mains. Elle semble s'être arrêtée sur une pensée, qu'elle énonce aussitôt :

— Vous étiez très amies, n'est-ce pas ?

— Très.

— Comme Anne Sexton et Maxine Kumin.

— Oui. Comme elles.

— Et tu as aussi connu mon père ?

— Aussi, dit Sophie avec prudence.

Elle scrute le visage d'Antonia, qui tripote une mèche frisée et la regarde fixement. Elle perçoit la nervosité de ses gestes.

— Ça a dû être très dur pour toi au moment de l'accident, dit Antonia.

— Dévastateur. J'étais loin, à Paris, et je n'ai jamais connu les détails, dit-elle en s'efforçant de rester circonspecte.

Mais elle ne peut empêcher un bouleversement intérieur, un mouvement obscur et lent.

— Sais-tu ce que j'ai retourné dans ma tête pendant des années ? dit Antonia. Ses sourcils froncés transforment son expression presque enfantine en celle d'une femme mûre. Qu'une négligence aussi insignifiante qu'oublier d'allumer ses codes, je veux dire, une simple seconde de négligence, mène à une autre seconde définitive et fatale. – Cette dernière phrase, elle l'a énoncée dans un murmure presque inaudible, mais elle hausse le ton : Tu vois, on dit que le chauffeur du camion ne s'en est jamais remis, qu'il a perdu la raison.

Antonia, sans s'en douter, vient de lui apporter une réponse à une de ses questions. La vie d'Antonia, jusque dans les détails, est bâtie sur la réalité fausse ou tronquée que ses grands-parents ont construite pour elle. Mais Sophie a-t-elle le droit de remuer ces braises, de lui retirer une histoire et d'en mettre une autre à sa place, un passé qui peut-être lui tombera des mains ?

— Tu sais ce que ta mère redoutait le plus au monde ? Disparaître.

— Quoi ? Tu veux dire mourir ?

— Non, pas mourir, mais s'évaporer, se volatiliser d'un coup, dit Sophie en écartant les doigts comme si ses mains explosaient. Qu'il ne reste rien d'elle, et que jamais, plus jamais on ne s'en souvienne.

Mais elle ne lui dit pas que c'était aussi la grande peur de son père.

Les premières années, en fermant les yeux elle voyait son visage, celui de Morgana, ses pommettes accusées, ses cheveux bouclés. Elle sentait son parfum de lavande. Diego, elle ne pouvait pas le voir, c'était trop douloureux. Sa mémoire ne pouvait même pas le nommer, tant était violente la douleur qu'encore maintenant, après tant d'années, lui provoquait sa mort.

Les nuages gorgés d'eau arrivent du fond de la mer. Un instant, elles sont prisonnières d'un éclair de silence. Sophie se dit qu'elles sont responsables de la disparition de ces deux êtres. Antonia, par l'ignorance imposée par les grands-parents ; elle, par son long travail de destruction de la mémoire.

LA DERNIÈRE FOIS

Sophie se réveille en sursaut. Le jour s'est posté derrière la fenêtre, mais la ville semble encore en plein sommeil. Elle regarde les piles de livres par terre, sur la chaise et sur le bureau rustique en bois, s'attarde sur une photographie des enfants. La fille regarde l'appareil avec sérieux. Le fils a un sourire qui creuse des fossettes dans ses joues. Il a les yeux ambrés.

Les yeux de Diego. Elle se lève, allume une cigarette et marche en long et en large. Le vent se faufile par la fenêtre qu'Antonia a laissée entrouverte cette nuit, malgré la pluie. "Pour faire entrer l'air marin", lui a-t-elle dit. Elle entend son souffle dans les livres et les papiers épars, sous les draps et dans les violettes encore assoupies dans leur pot.

Le vent de Morgana.

Elle entend presque sa voix réciter : "Cours, ma jolie, cours, le vent vert te rattrape !"

C'est sa mère qui lui avait annoncé la nouvelle. La presse avait parlé d'un affrontement, d'une résistance armée. Mais l'ami de Diego qui les avait appelées à Paris leur avait révélé qu'ils étaient morts sans se défendre, criblés de rafales de mitraillette, et que leurs corps avaient été jetés dans une fosse commune que personne n'a pu localiser.

Le souvenir se précise. Quand elle s'était réveillée, la main de sa mère dans la sienne, le chaud contact de sa peau, les yeux rougis, les mots qui sortaient de sa bouche par saccades, comme si on les avait mis en pièces. Diego et Morgana étaient tombés. Pour la première fois, la notion du définitif était réelle.

Elle n'avait jamais cherché à retrouver les corps. Elle n'avait jamais su non plus si les parents de Morgana avaient essayé, s'ils avaient pu les enterrer, s'il y avait un endroit – quelque part dans ce pays lointain – où reposaient leurs restes. Un endroit où un jour elle pourrait aller les pleurer.

Elle entend Antonia dans la pièce voisine :

— Allez, range-moi tout ça ! Si tu ne te dépêches pas, on sera en retard.

Elle entend aussi Sebastián, mais ne distingue pas ce qu'il dit. Le vent souffle toujours en silence. Le bouquet de violettes, sur le bureau, répand son arôme pénétrant.

Sophie et sa mère étaient pleines de rage. Chacune, en son temps, avait été trahie par Diego. Même si, dans ses nuits d'insomnie, Sophie entendait le chagrin de sa mère, toutes les deux évitèrent d'en parler. Pour Monique, ce qu'il avait fait à sa fille était encore plus douloureux que les multiples infidélités dont elle avait été victime pendant leur mariage.

Au fond du brouillard matinal, elle distingue la mer. L'île entière semble plongée dans la brume. Un chien timide et efflanqué traverse la rue déserte, étroite et sinueuse. Les souvenirs reviennent, solides et concrets, et s'entrechoquent.

La dernière fois.

La veille de son départ pour Paris, elle téléphona à son père pour lui dire que lorsqu'elle passerait à l'appartement prendre ses affaires, elle ne voulait pas que Morgana soit présente. Elle demanda à Camilo de l'accompagner. Il voulait l'attendre dehors, mais elle insista pour qu'ils entrent ensemble. Elle ouvrit avec sa clé. Son père apparut sous la lampe du vestibule. Elle entrevit sur son visage l'éclat d'un espoir qui s'éteignit aussitôt, quand la silhouette de Camilo surgit. Toute intimité avec sa fille lui était interdite. Sophie eut envie de l'embrasser. Mais ses muscles étaient glacés, un froid qui, elle le savait, figeait aussi ses traits. Sur la table, elle vit une théière en argile et deux bols. La théière de Morgana, dans laquelle elles buvaient leur thé toutes les deux. La rage revint, à l'état pur, sèche et violente. Elle serra les dents et fila dans sa chambre. Camilo, discret, resta au salon. Diego la suivit. Sophie prit ses affaires sans parler ni le regarder. Adossé au mur, il alluma une cigarette qui se consuma entre ses doigts. Il observa chacun de ses mouvements et Sophie, qui évitait de croiser son regard, sentait la texture implorante et attristée de ses yeux. La fumée de sa cigarette, au lieu de monter, se répandait et la rattrapait, comme si son père voulait l'atteindre en sourdine.

Elle mit dans sa valise ses peintures et ses crayons, et laissa dans l'armoire la plupart de ses vêtements. C'était une petite valise, celle qu'elle avait quelques années plus tôt quand elle était arrivée. Devant son père, elle déchira ses dessins l'un après l'autre, sortit de la pièce et jeta les bouts de papier dans l'incinérateur. En moins d'une heure, elle fut prête. Il insista pour l'emmener en voiture où elle voudrait, mais Sophie fut implacable. Camilo porterait sa valise. “Tu ne veux pas rester ici pour la dernière nuit ?” demanda-t-il dans une dernière tentative. Sans répondre, Sophie prit sa valise et l'embrassa sur la joue. Diego la prit doucement par les épaules. Sophie sentit ses doigts en sueur qui tremblaient. De nouveau cette envie de remonter le temps, d'annuler la grossesse de Morgana, une envie d'oublier, de pardonner, de laisser retomber sa tête contre la poitrine de Diego. De se reposer enfin du long voyage vers l'obscurité.

Le soleil apparaît timidement derrière la montagne est de l'île. Sophie croit voir le moment précis où le ciel change de tonalité. Elle s'assied sur le lit. Les pas d'Antonia vont et viennent dans le couloir.

— Coiffe-toi et ne traîne pas. Je t'attends à la cuisine, c'est compris ? dit-elle, et Sophie l'entend descendre l'escalier.

Diego les accompagna jusqu'à l'ascenseur. Sophie lui demanda de ne pas descendre avec eux. La dernière fois qu'elle le vit, il avait les yeux au fond des orbites, les deux mains en l'air, les paumes ouvertes à hauteur de sa poitrine. Des adieux vaincus. Sa reddition.

La porte de la chambre grince, s'ouvre, et elle voit apparaître la tête couleur miel de Sebastián. Sa frange est irrégulière, comme si on l'avait taillée à la serpe. Son sourire dégage une joie simple et pleine qui découvre ses petites dents.

— Salut, dit-il sans entrer.

Sophie ne répond pas. Il la regarde, la scrute. Ses yeux inquisiteurs la troublent.

— Eloísa dit qu'elle a mal dormi parce qu'elle n'avait pas son dragon-fourmi. Moi je dors toujours bien. Et toi ?

— Moi aussi.

Elle ment. Mais elle ne va pas parler à un enfant de sept ans de ses éternelles insomnies. En réalité, elle croit qu'elle n'a rien à lui dire.

— Je peux entrer ? demande Sebastián, affichant un nouveau sourire qui éclaire son visage comme une lampe au néon.

— Ta maman t'a dit de descendre, dit Sophie sans cesser de déambuler dans la chambre.

Son pied nu heurte une chaise et elle émet une légère plainte.

Sebastián, profitant de la distraction de Sophie, s'empresse de rentrer et de la serrer contre lui. Comme il est petit, il ne dépasse pas les jambes.

— Lâche-moi, s'il te plaît.

— Je ne peux pas, répond Sebastián. Il y a un homme sur la plage qui brandit une pancarte avec marqué dessus J'OFFRE DES CÂLINS. Toutes les filles s'approchent. Maman dit qu'il est très beau. Il m'a dit que je pouvais travailler avec lui. Maintenant, nous sommes associés.

— S'il te plaît, lâche-moi, balbutie Sophie.

— C'est mon travail.

Les petits bras fins autour de ses jambes l'étouffent.

— Sebastián ! crie Antonia.

— Il faut que j'y aille, déclare-t-il en quittant la chambre d'un air satisfait.

Sophie se sent soudain épuisée. Elle s'allonge et ferme les yeux. L'étreinte de Sebastián a eu raison de ses capacités de résistance. Elle a failli crier, se dégager brutalement. Elle se demande ce qu'elle fait chez Antonia, au cœur même du sujet qu'elle a toujours éludé. Le quotidien familial poisseux, les cris des enfants, l'odeur de pain grillé qui monte dans l'escalier et passe sous sa porte sont autant d'attentats contre elle, contre son équilibre et les moyens qu'elle a mis en place pour le protéger.

Quand elle sortit de l'immeuble avec Camilo, Morgana était sur le trottoir d'en face. Les autobus rendaient son apparition intermittente, elle était là et l'instant d'après elle avait disparu. Elle portait une jupe longue multicolore, dans le genre de celles qu'elles achetaient toutes les deux dans les foires d'artisanat, ses bras pendaient, fatigués. Même à cette distance, elle voyait qu'elle était dans l'expectative. Soudain, Morgana porta les deux mains à ses lèvres, à l'instant même où peut-être elle comprit qu'un morceau de glace s'était installé dans le cœur de Sophie. C'est la dernière image qu'elle a d'elle.

CENT SOIXANTE-DEUX LETTRES

Pendant qu'elles prennent le café fraîchement moulu, attablées à la cuisine, Antonia montre à Sophie la photographie de l'homme qui s'est jeté dans le vide. Il tombe à la verticale, avec la perfection et le stoïcisme d'une flèche. Il y a de la force et de la décision dans sa chute. On dirait que, même en connaissant son destin, l'homme a décidé de rester fidèle à lui-même jusqu'à la fin. Sophie remarque l'émotion que l'image produit sur Antonia. C'est un journal du 12 septembre, le jour même où, après avoir entendu le témoignage de Brian Clark à la télévision, elle a pensé pour la première fois à Antonia. À sa sœur perdue. Et maintenant qu'elle est en sa présence, elle ne sait comment reconstituer l'histoire pour elle, elle ne sait pas non plus si elle doit le faire et si elle en est capable.

Sous le regard vigilant d'une girafe en peluche, Antonia lui demande si Sebastián l'a serrée contre lui. C'est sa nouvelle manie. Elle lui raconte l'histoire de l'homme sur la plage, et toutes deux rient de bon cœur. Par la fenêtre, on voit un jardin de fougères qui entoure une fontaine d'une facture très simple. Quand elles se taisent, on entend le murmure de l'eau, un sifflement qui rappelle un instrument à vent dont quelqu'un jouerait au loin. De temps en temps, le son s'interrompt, et le silence devient plus présent.

— Pourquoi la fontaine s'éteint et se rallume ? s'étonne Sophie.

— Tu l'as remarqué ? s'exclame Antonia joyeusement. Il n'y en a pas beaucoup dans ton cas. C'est un hommage secret à Saramago. Il dit qu'il n'y a pas de silence plus profond que le silence de l'eau.

En écoutant ensemble les pauses de la fontaine, Sophie a l'impression qu'une main invisible se referme sur elles deux.

Antonia lui demande si, après le café, elle voudrait bien l'accompagner à la bibliothèque où elle doit rendre des livres. Ensuite, elle pourrait lui montrer l'île.

Dans l'ambiance détendue du matin, l'intimité spontanée d'Antonia lui insuffle un peu d'optimisme. La perspective d'une promenade en sa compagnie, son visage franc et jeune, le pan de ciel bleu qu'on entrevoit par la fenêtre semblent indiquer que les choses ne sont pas aussi compliquées qu'elles en ont l'air.

Elle veut savoir où Antonia en est de sa thèse, dont elle parlait dans son mail. Celle-ci lui explique qu'en s'appuyant sur la correspondance amoureuse des poètes de la génération de 1927, elle écrit sur l'impossibilité de l'amour, tel que notre culture s'est obstinée à le concevoir : un état de félicité perpétuel. Sophie lui demande de développer.

— Le véritable amour est l'amour impossible. Celui qui ne parvient jamais à s'instaurer entièrement, explique Antonia en rassemblant prestement ses cheveux qu'elle attache sur la nuque.

— Je ne comprends pas, dit Sophie pour cacher l'émotion que le geste d'Antonia a éveillée chez elle, un geste qui lui rappelle Morgana.

Antonia porte une ample robe à fleurs bleues à fines bretelles, l'une a d'ailleurs glissé sur son épaule. Elle est penchée en avant, le bol entre ses mains, ses clavicules saillent et forment deux dépressions qui ressemblent à deux orbites.

— Pour ne pas mourir, l'amour doit constamment être bousculé par tout ce qui le rend impossible.

— Tu crois vraiment ?

— J'en suis sûre.

Le coin de ses lèvres se hausse sans arriver au sourire, puis ses yeux vifs et foncés se posent sur la fenêtre, aussi concentrés que ceux des athlètes avant une compétition. Encore un geste qui lui rappelle Morgana.

— Je me suis souvent demandée, surtout maintenant que j'écris sur ce sujet, quel genre d'amour unissait mes parents, dit Antonia.

Sophie pense à leur amour plein d'obstacles, à la souffrance que la trahison avait provoquée en eux, à la douleur sur laquelle il était fondé.

C'est la première fois qu'elle leur accorde le mot "amour".

Son père lui avait écrit cent soixante-deux lettres. La dernière reçue était datée du 10 septembre 1973. La veille du coup d'État. Dans aucune d'elles il n'oublia de lui dire combien il l'aimait. Il n'oublia jamais non plus de nommer Morgana. Quand elle en ouvrait une, elle cherchait d'abord son nom. Quand elle l'avait trouvé, elle remettait la lettre dans son enveloppe sans la lire ni lui répondre. Il était incapable de comprendre, de déchiffrer le message enserré dans son silence.

Même si elle n'avait pas vécu longtemps avec son père, il lui avait toujours appartenu. Les femmes défilaient devant lui comme les lieux. Il pouvait savourer l'expérience de contempler un joli visage ou de posséder un nouveau corps, mais il n'envisageait jamais de se poser. Dès qu'elle avait eu l'âge de raison, il lui avait expliqué qu'elle était le centre de sa vie à lui. C'est pourquoi l'animosité qu'elle avait d'abord ressentie envers eux deux s'était finalement concentrée sur lui. Ainsi le vit-elle désormais, jusqu'à ce qu'elle ne le voie plus du tout, jusqu'à ce que ses lettres cessent d'exister, même si elle les conservait encore. Comme Diego.

L'HIVER ARRIVE TOUJOURS DE LA MER

Au moment de monter dans la voiture, Sophie, honteuse, avoue à Antonia qu'elle ne veut pas dormir à l'hôtel. Antonia éclate de rire, ravie qu'elle passe son séjour chez elle, et lui confie qu'elle non plus n'a jamais aimé la solitude des chambres anonymes. L'unique fois où elle s'est retrouvée seule dans une chambre d'hôtel, elle fut prise d'une telle angoisse qu'elle se rhabilla en pleine nuit, sortit et ne revint pas avant l'aube.

Derrière l'apparente solidité d'Antonia, Sophie perçoit sa même fragilité, une certaine inadaptation à la vie, une incompétence qui les rapproche. Elle comprend qu'elle ne peut débarquer d'un coup dans son existence et en détruire les fondements. Lui dire la vérité serait justement cela.

Antonia se gare devant la bibliothèque, le plus grand immeuble de l'île.

— Il paraît qu'elle possède un million de livres. Nous l'appelons Babel, explique Antonia.

Pendant qu'elle rend ses deux livres à la bibliothécaire, Sophie jette un coup d'œil à la ronde. Elle imagine Morgana assise à une de ces tables, lisant peut-être Lorca, le livre qu'elle aurait dû rapporter à Antonia, mais qu'au dernier instant elle avait laissé sur sa table, par crainte de devoir lui expliquer dans quelles circonstances il était tombé entre ses mains.

Puis elles se promènent dans des rues baignées de lumière, bordées de palmiers et de maisons blanches qui brillent comme des plaques en laiton. Au fond, toujours la mer qui semble absorber tout le bleu du ciel.

— Je n'ai pas vu de photographies de ton père chez toi, aventure-t-elle avec précaution.

— Parce que je n'en ai pas.

— Tu ne l'as jamais vu ?

Antonia secoue la tête.

— Que sais-tu de lui ?

— Ce que tu voudras bien m'en dire, réplique Antonia en haussant les épaules.

Tout en conduisant, Antonia lui montre la place et ses gigantesques baobabs, la façade colorée et tropicale de la poste, les édifices aux réminiscences orientales.

— Allons, tu dois bien en savoir quelque chose !

— Bien sûr, je sais qu'il s'appelait Diego, Diego Menéndez, qu'il était plus âgé que ma mère et qu'il ne l'a jamais épousée.

— C'est tout ?

— Mes grands-parents ne me l'ont jamais dit clairement, mais ils m'ont laissé entendre que si je creusais la question je trouverais un homme dont j'aurais honte. Qu'il valait mieux ne pas savoir, sourit-elle hardiment.

Antonia a nommé Diego. "Diego", sa façon à elle de nommer son père depuis sa plus tendre enfance, qui avait toujours étonné Morgana. Ils lui avaient aussi caché son nom de famille, pour être sûrs qu'elle ne remonterait pas jusqu'à lui. Sophie sent monter la colère et la tristesse. Elle voudrait lui dire que ses grands-parents ont commis une injustice, que Diego était noble et intègre, un homme qui avait voulu changer le monde. Mais elle devrait aussi lui dire que s'il avait vécu, il aurait renoncé à ses idéaux depuis belle lurette – comme beaucoup d'autres de sa génération – et qu'il les aurait peut-être même abandonnées, sa mère et elle ; que chacune de ces désertions aurait laissé des marques, des sourcils plus froncés, des rides plus profondes, un rictus plus sévère, et que le cynisme, la déception ou la complaisance auraient remplacé l'éclat mordoré de ses yeux.

— Tu n'aurais pas eu honte de lui, Antonia, dit Sophie d'une voix troublée.

Elle ne peut cacher son émotion en adressant ces mots à cette femme, qui d'ailleurs n'a pas encore conscience du lien qui les unit.

Jusqu'à présent, sa curiosité pour Antonia était restée assez froide. Soudain elle éprouve pour elle une immense tendresse. Et la voilà de nouveau déchirée – ce n'est pas la première fois depuis son arrivée – entre le désir de fuir et le besoin impérieux d'aller jusqu'au bout ; même si ce bout est flou et n'est en définitive qu'un partage de quelques instants de leur vie respective, avant que chacune reprenne sa route.

— Pourquoi en es-tu si sûre ? demande vivement Antonia.

— Parce que je l'ai bien connu, répond Sophie qui s'interrompt soudain, sous la pression du regard attentif d'Antonia.

Elle sait qu'elle est sur la ligne étroite qui sépare la vérité du mensonge, et que ces deux territoires sont des marais dont elle ne sortira pas indemne. Elles passent devant la mairie, un cube de verre qui reflète les silhouettes colorées des passants. Elle a besoin de temps. Pour connaître et soupeser les sentiments d'Antonia, sa force, son désir réel de savoir, pour cristalliser ses propres émotions. Elle découvre qu'une des façons d'avancer – vers un lieu qu'elle ne connaît pas encore – est de lui raconter, sans aucun sentimentalisme, des faits concrets qui le concernent. Elle évoque alors l'étroite relation de son père avec le président Allende, ses convictions et la façon toujours spontanée de les défendre et de les présenter, ses connaissances dans les domaines les plus variés ; elle évoque son admiration pour Brassens et le charme immédiat qu'il exerçait sur les femmes, décrivant tout cela avec une aisance que, enfermée dans des années de silence, elle avait presque oubliée. Elle craint cependant que sa spontanéité n'éveille chez Antonia un élan d'affection, une situation qu'elle ne saurait gérer.

À mesure qu'elles se rapprochent de la côte, l'île devient de plus en plus solitaire. Sur la mer, Sophie voit que les nervures de l'horizon sont particulièrement sombres.

— En été, ça grouille de gens, explique Antonia. Ces paillotes que tu crois abandonnées restent ouvertes jour et nuit. Mais les insulaires évitent cette plage. Nous en avons d'autres, de l'autre côté de l'île. Je t'y emmènerai demain. Là-bas, la mer est sans pitié pour les âmes faibles, dit-elle en riant.

Elle gare la voiture sur un parking désert et elles partent sur la plage, immense, blanche et déserte, qui donne l'impression d'être un lieu sans limites. Elles longent le rivage. À quelques mètres de là, l'eau est étale, comme celle d'un lac.

— Comment vous êtes-vous connus ? demande Antonia d'une voix à peine audible.

— Pardon ?

Antonia répète la question.

— Eux ? demande Sophie.

— Tous, toi et mes parents.

Elle l'observe attentivement, et ses longs cils lui donnent un air nostalgique.

Un adepte du ski nautique remorqué par une vedette traverse son champ visuel et laisse un sillage blanc. C'est tellement inattendu dans cette solitude que toutes les deux le regardent jusqu'à sa disparition.

— Nous nous sommes connus au Chili. Nous vivions dans le même immeuble. C'étaient des tours très modernes pour l'époque, à Santiago. J'ai commencé par faire la connaissance de Morgana, ensuite elle a rencontré Diego.

Elle est très impressionnée de voir comment, sans mentir, elle peut esquiver le fond de l'histoire. Elle lui raconte qu'elles inventaient des mots, créant ainsi un monde qui leur appartenait. Antonia la prend par le bras, comme si elles étaient de vieilles amies. Ce geste la bouleverse. Elle presse le pas, se libère de ce contact et continue ses évocations. Elle lui raconte le désarroi de Diego, quand parfois elles assemblaient les phrases de divers poèmes pour aboutir à un ensemble dont elles étaient les seules à connaître le sens ; elle lui cite l'éternelle inquiétude de Diego, sa curiosité pour tout ce qu'il ne connaissait pas ; lui décrit ses yeux ambrés qui regardaient fixement, attentifs aux moindres mouvements de son interlocuteur. Antonia l'écoute, ses épais sourcils traduisent ses émotions et ses réflexions.

— Sebastián a ses yeux, dit Sophie, qui soudain se sent incapable de poursuivre. Elle se mord les lèvres et se tourne vers la mer.

À l'horizon, les reflets argentés se dissipent. Elle ralentit et cherche nerveusement une cigarette dans son sac. Elles doivent s'arrêter pour l'allumer. Avec ses mains, Antonia l'aide à se protéger du vent. Puis elles repartent, les yeux fixés sur le sable.

— Tu vois ce trait noir à l'horizon ? demande Antonia. C'est le premier signe de l'hiver. Ici, il arrive toujours par la mer.

Le skieur traverse encore leur champ visuel, cette fois en sens inverse et plus près de la côte. Elles voient qu'il porte une combinaison de plongée.

— Il va être l'heure d'aller chercher les enfants, rentrons, dit Antonia.

Quand elles reprennent la voiture, un vent tiède, annonciateur de pluie, soulève violemment le sable de la plage. Le ciel change de couleur, le rivage de texture et la mer de résonance.

— L'hiver est arrivé, murmure Antonia.

LA FEMME IMPARFAITE

La pluie tambourine et le vent siffle à travers les fentes de la vieille fenêtre. Antonia éteint sa lampe de chevet, se colle à Ramón et pose la tête sur sa poitrine. Il lui caresse les cheveux, la prend dans ses bras et l'attire contre lui. La lueur des réverbères est visible derrière les rideaux tirés. Antonia essaie de lui expliquer pourquoi elle se sent si fatiguée. Une journée qui n'en finissait pas. La promenade exigeante avec Sophie, le bain des enfants trempés par l'orage, le dîner à préparer, le coucher et la remise en ordre pour le lendemain.

— Ramón, dit Antonia après un long silence, mon père était chilien.

— Tu en es sûre ?

Antonia le lui confirme en hochant la tête. Ramón se redresse, allume la lampe et lui prend le menton :

— Regarde-moi, Antonia.

Elle a les yeux baignés de larmes.

— Pourquoi me l'a-t-on caché, Ramón, pourquoi ?

— Raconte-moi tout.

— Aujourd'hui, au cours de notre promenade sur la plage, Sophie m'a parlé de lui, de sa vie au Chili, comment ils se sont rencontrés. Il était l'ami d'Allende. Il travaillait dans son gouvernement.

— Mais cela ne fait pas de lui un Chilien, Antonia.

— J'ai posé directement la question à Sophie.

Elle se sent triste, mais surtout pleine d'incertitude. Comme si la réalité devenait une surface mince et fragile qui pouvait se déchirer à tout moment et emporter toutes les certitudes sur lesquelles sa vie reposait.

— Tu te rends compte, Ramón ? Qui sait combien de choses les grands-parents m'ont cachées. Ils ne sont peut-être même pas morts dans un accident.

— Mais les journaux en ont parlé.

— Je n'ai jamais vu ces articles. C'était ce qu'on disait, ce que tout le monde disait, que les journaux en avaient parlé.

— Les images étaient sans doute trop pénibles pour que tu les voies, Antonia.

— Je suis à moitié chilienne, mon chéri, et tes enfants un quart, dit Antonia en souriant.

— Ma Chilienne à moi, dit-il en caressant sa joue.

— Je suis sûre que Sophie était amoureuse de mon père.

— Comment le sais-tu ?

Elle fait une pause avant de poursuivre :

— Si tu l'avais entendue, tu saurais de quoi je parle. Je te jure que seul quelqu'un qui l'a aimé peut en parler comme elle l'a fait. Et il n'y a pas seulement ce qu'elle dit, mais aussi ce qu'elle ne dit pas, ses silences, comme dire, ses omissions. Je crois que toutes les deux sont tombées amoureuses de lui et que ma mère l'a emporté.

— Dis donc, tu m'as l'air bien sûre de toi.

— Et j'ai raison de l'être.

— Elle a parlé de ta mère ?

— Aussi. Mais quand elle a vu que je ne savais presque rien de mon père, elle m'a parlé de lui avec plus de passion, plus de délicatesse que d'elle.

— Tu penses que c'est pour cette raison qu'elle a mis si longtemps à entrer en contact avec toi ?

— C'est possible.

Le regard d'Antonia erre dans la chambre plongée dans la pénombre et se pose sur le pot de fleurs posé sur la commode. Il y en a des jaunes et des bleues, d'un bleu profond et rassurant. Les tiges trop fines ploient sous le poids des corolles et des pétales. La plus grande est fièrement dressée et monte la garde devant les autres.

— Tu sais, il y a quelque chose de brisé en elle. Non, le mot "brisé" n'est pas le bon. À un moment donné, quand nous marchions sur la plage, elle m'a dit quelque chose et j'ai pris son bras, tu vois le genre, un geste de complicité, et tout son corps s'est crispé ; elle a réagi comme si ma main avait été la pince d'un crabe.

Ramón éclate de rire.

— Ne ris pas, on pourrait croire que c'est drôle, mais ça ne l'était pas. J'ai senti le froid de son corps, comment dire, le froid d'une peau qui ne sait pas être touchée et qui ne sait pas toucher non plus. Tu vois ce que je veux dire ? demande-t-elle en plissant le nez.

Ramón hoche la tête, à moitié endormi.

— Nos corps sont faits pour s'emboîter les uns dans les autres, poursuit-elle d'une voix douce. Quand une main en prend une autre, as-tu vu comme elles s'emboîtent parfaitement ?

— D'autres parties s'emboîtent encore mieux, intervient Ramón avec un demi-sourire coquin en pressant doucement le bout de ses seins.

— Allons, concentre-toi sur ce que je te dis, Ramón. Comment t'expliquer ? Sophie est d'une pâte différente du reste de ses semblables, on dirait qu'elle se replie sur elle-même, comme un cercle.

— Vraiment ? Tu me parles d'une femme frigide, ma chérie.

— Non, ce n'est pas seulement d'ordre sexuel, c'est plus, beaucoup plus que ça.

Ils entendent un léger sanglot dans la pièce voisine.

— C'est Eloísa qui rêve. Tu ne peux imaginer comme j'aime la réveiller en la serrant dans mes bras, dit Antonia.

— Attends, répond Ramón et tous deux tendent l'oreille.

Ils n'entendent plus rien. La lumière s'allume dans le couloir et s'insinue par le trou de la serrure. Ramón sourit :

— Tu vois ?

Antonia laisse retomber sa tête sur sa poitrine.

— Tu sais, pendant que Sophie me parlait, j'avais l'impression que ce n'était pas pour moi qu'elle reconstituait ses souvenirs, mais pour elle. Pas par égocentrisme – elle hésite avant de poursuivre –, elle donnait l'impression d'être enveloppée d'une membrane qui l'isole du monde. "Détachée" serait peut-être le mot pour la décrire. Mais tu as raison, il y a quelque chose d'asexué en elle. Qu'en penses-tu ?

— Moi, je la trouve plutôt jolie… déclare-t-il d'une voix insinuante.

— Ramón, j'essaie de te parler sérieusement. On dirait que Sophie est une femme très seule. Enfin, je le crois. Et qu'en outre sa solitude vient d'une sorte d'incapacité à entrer en contact avec les gens, et aussi d'un choix délibéré. Elle a choisi cette incapacité, parce que ça l'arrange.

— Allons ! Tu es allée assez loin dans tes conclusions. Elle était amoureuse du petit copain de sa meilleure amie, résultat, elle est devenue une femme asexuée et a opté pour le célibat. Elle pourrait être un objet d'étude pour ta thèse.

— Je n'ai pas dit que son état actuel est le produit de son histoire. Et je n'étudie pas les personnes, seulement les poésies. Ah, il y a autre chose ! Elle parle toute seule.

— Comment le sais-tu ?

— Je l'ai entendue. La porte de sa chambre était ouverte. Je couchais les enfants.

— Et de quoi parlait-elle ?

— Ça, je n'en sais rien.

— L'artiste parfaite.

— Ou la femme imparfaite, conclut Antonia.

Les silhouettes des arbres s'agitent sous le vent de la nuit et leur voix résonne dans l'obscurité noyée de pluie. Ramón soulève le menton d'Antonia, l'embrasse dans le cou et ils tressent une étreinte.

PAULA

Il pleut. Une pluie fine, d'une discrétion trompeuse, selon l'angle du regard, elle peut même disparaître de la vue. Elle vient sûrement de la mer. Sophie a appris que tout dans l'île provient de la mer : l'hiver, la lumière, le vent.

Elle se redresse dans son lit et s'adosse au mur, un cahier sur ses jambes repliées. Il y a des années qu'elle n'a pas dessiné un visage. La représentation du corps humain a très vite cessé de l'intéresser. Mais elle aimerait brosser le portrait d'Antonia. Elle trace ses sourcils accusés, ses lèvres charnues, la composition symétrique de son visage, et soudain quelque chose arrive. Sur le visage d'Antonia surgissent les traits plus accentués de Morgana et, étrangement, ceux de Paula.

C'est elle qui lui a parlé des derniers jours de Diego et de Morgana. Elles se sont retrouvées dans un café, devant le cimetière du Père-Lachaise, le quartier où Sophie et sa mère vivaient à l'époque. Sophie était très impressionnée de la voir. Pas seulement parce que Paula avait beaucoup maigri, mais parce qu'elle avait perdu tout ce qui lui conférait son identité : son buste raide, l'expression ferme de son regard, son élégance aux accents virils. Elle avait une robe en épais tissu bleu, sans ornement, d'un ascétisme qui rappelait le temps qu'elle avait passé en prison.

Des années après sa rencontre avec Paula, quand elle étudiait la captivité pour une de ses installations, Sophie avait découvert que les prisonniers ont du mal – quand ils recouvrent la liberté – à s'adapter au monde extérieur, et pendant un certain temps, même s'ils peuvent faire autrement, ils continuent d'observer un ascétisme qui prolonge celui de leur incarcération.

Posément et sans fioriture, Paula lui raconta comment elle avait survécu à son cancer et à la chambre de torture. On l'emmena quatre fois au "grill". Dans la pièce voisine, les prisonniers entendaient ses cris et ses gémissements, et quand c'étaient eux qui y étaient emmenés, elle entendait les leurs. Paula ne sut jamais pourquoi un soir on la relâcha après le couvre-feu, dans une rue d'un quartier périphérique de Santiago. Elle marcha, guidée par les premières lueurs de l'aube, se cachant dès qu'un camion militaire surgissait. Arrivée dans une grande avenue, elle héla un taxi. L'homme s'abstint de lui poser des questions sur son aspect dévasté et la conduisit à l'adresse qu'elle lui donna, chez ses parents. Le jour même elle se réfugia à l'ambassade du Venezuela, avec deux femmes et cinq hommes qui avaient été des dirigeants des partis de la coalition gouvernementale.

Certes, Paula répondait spontanément à ses questions, mais Sophie percevait une certaine réserve. La véritable souffrance et la barbarie étaient exilées du récit. Paula avait dû sentir que la fragilité de Sophie s'était accentuée, que son regard n'était pas direct, que ses gestes étaient nerveux. Sophie voulait qu'elle lui parle de Diego et de Morgana, et pourtant elle n'était pas prête à entendre combien ils s'étaient aimés. Paula lui parla du temps où ils vécurent en clandestins et des maisons où ils se cachèrent, jamais ensemble. Ils se voyaient de temps en temps, toujours avec Antonia. Dans les bras de Morgana, elle passait d'une maison à la suivante, d'une rencontre à l'autre. Au fil des mois, Morgana, sous l'apparence d'une jeune mère, nouait courageusement des contacts et portait des informations d'un point à un autre. Elle apprit l'art du silence et de l'évanescence. Paula lui dit qu'elles avaient bien travaillé, ensemble. Et Morgana souffrait de l'absence de Sophie, même si elle ne l'avait jamais dit. En prononçant ces derniers mots, Paula regardait par la fenêtre du café une femme rousse, au coin de la rue, penchée sur son chien. Sophie se rappelle l'air sombre de Paula, ses yeux qui clignaient à peine, sans doute à jamais figés dans un état de stupeur.

Le récit de Paula était minutieux, mais distant. Elle semblait exécuter une partie de la mission qu'elle s'était imposée à elle-même. Sophie se disait aussi que le détachement de Paula racontant l'histoire de ses amis et la sienne était la seule façon de ne pas couler et en même temps de ne pas oublier ; pourtant, ses regards sombres à la ronde montraient que la peur persistait ; assurément, Paula avait survécu, mais la grande victoire de ses ravisseurs ne serait-elle pas d'avoir définitivement injecté en elle la méfiance. Jusqu'à la fin de ses jours, chaque fois que son regard en croiserait un autre, elle se demanderait si ce n'était pas celui d'une personne capable de haïr et de torturer.

Ce fut leur seule rencontre. Quelques jours plus tard, Sophie en pleine dépression dut être hospitalisée. Après cet épisode, sa mère l'éloigna de tout contact avec les exilés chiliens qui arrivaient en quantité à Paris. Elle déplora et déplore encore de n'avoir pu offrir à Paula qu'une présence assombrie et bouleversée. Comme elle se repent de tant d'autres choses, sachant pourtant que le repentir, sans un acte qui s'attaque au mal, n'est qu'un moyen de se donner bonne conscience.

Elle entend les pas légers et sautillants des enfants qui passent dans le couloir. La pluie continue.

MAUDITE CULPABILITÉ

Les enfants sont partis de bonne heure à l'école avec Ramón. Sophie et Antonia prennent leur petit-déjeuner à la cuisine. Un rayon de soleil entre par la fenêtre et transperce les particules de poussière. Sebastián est revenu au matin dans la chambre de Sophie et lui a donné l'accolade du jour. Elle a moins résisté que la veille, mais ce contact lui semble toujours aussi inquiétant. Antonia lui pose des questions sur ses installations, ses sculptures et son rapport avec la poésie. Sophie déteste parler de son œuvre, mais elle se sent soulagée de ne pas avoir à évoquer ses souvenirs.

Elles découvrent qu'elles apprécient toutes les deux un poète appelé Luis Muñoz, proche d'Alberti dans ses dernières années, et qu'elles savent par cœur un de ses poèmes.

— "À la fin c'était vrai / et la transformation n'est pas discrète / même si elle est progressive / de cause à conséquence / de contenu à continent / de réponse à question", récite Antonia.

Elle la regarde et sourit, une attitude qu'on a avec les gens que l'on croit connaître à fond. Sophie ravale son émotion. Elle ne veut pas se laisser entraîner par des sentiments dont elle se méfie.

Après le café, Antonia l'emmène au Nord de l'île, sur les plages fréquentées par les autochtones. Là, la terre se rétrécit et la plage, foncée et déserte, pénètre comme une longue langue dans la mer. Le sable est grossier, entrecoupé de rochers au creux desquels éclate l'eau salée. Elles avancent face à la mer au milieu de cette étroite péninsule. Les vagues échouent de part et d'autre. Le soleil matinal tombe sur le sable qui exhale une buée blanche. Sophie a l'impression de flotter sur l'océan. Les oiseaux surplombent le ciel et survolent le sable, cherchant leur nourriture après la pluie. Le vent soulève les cheveux d'Antonia et de Morgana. Soudain, tout semble clair, aux yeux de Sophie. Elle ne privera pas Antonia de sa vie pour lui en donner une autre pleine d'interrogations. Ne les ayant jamais vus comme amants, comme couple, n'ayant jamais voulu admettre cet amour, comment lui dire que ses parents s'aimèrent et l'aimèrent ? Elle ne pourra pas lui raconter qu'ils étaient morts sous les balles. Ni parler d'eux sans ressentiment. Elle ne saura pas davantage lui dire qu'elle a elle-même ignoré Antonia pendant vingt-huit ans, parce qu'elle était le fruit d'une liaison qui l'avait blessée au plus profond et qui jamais n'avait cessé de la meurtrir. Elle ne pourra pas lui avouer qu'elle n'a jamais cherché à retrouver leurs corps, que la tâche essentielle de sa vie a été de les oublier. Antonia ne le lui pardonnerait pas.

Le pardon sans vérité n'existe pas. Elle n'a cessé de se le répéter. Pourtant, pour la première fois, elle se retrouve sur le banc des accusés. Là, on voit les choses autrement. Sans vérité il n'y a pas de regard accusateur, sans vérité il n'y a pas à donner d'explications, sans vérité il n'y a pas l'évidence de la culpabilité. Parler à Antonia, cela reviendrait à laisser retomber sur elle tout le poids de cette maudite culpabilité.

Elle sent qu'il est urgent qu'elle s'en aille. Les journées auprès d'Antonia ont perdu toute signification. Elle aspire à son studio, à sa tranquillité. Elle aspire au silence de son espace blanc.

L'ÉVIDENCE DE SA SOLITUDE

Pendant qu'Antonia et Ramón préparent le dîner, Sebastián a apporté dans la chambre de Sophie ses autos Matchbox, des modèles de luxe décapotables. C'est ainsi qu'il les lui a présentés. Depuis un bon moment, il joue avec, par terre, sous le bureau d'Antonia.

Sophie, assise sur le lit, l'observe tout en essayant de joindre Gérard au téléphone. De temps en temps, il sort la tête et lui dit quelques mots qu'elle ne comprend pas, reprend ses murmures, qui enflent, baissent d'intensité et peu après remontent en volume. Soudain, la tête posée sur le sol, il la regarde à l'envers.

— Pourquoi tout pousse vers le haut et pas vers le fond de la terre ? demande-t-il.

— Je ne sais pas.

Sophie se rappelle les questions qui la hantaient quand elle était petite, et qu'elle n'osait formuler. Où se cachent nos ombres dans le noir ? Les roues des voitures marchent-elles en sens inverse pour rattraper le temps ? Les objets ne sentent-ils pas qu'ils sont orphelins ?

Elle appelle Gérard sur son portable. Sur l'île, elle n'a pas beaucoup de réseau. Sophie sait qu'elle a parlé toute seule, qu'elle a insulté son appareil et que pour cette raison Sebastián la regarde. Il plisse les yeux d'un air espiègle et continue de jouer. Tout sur son visage semble rétrécir exagérément, ses yeux, sa bouche, ses dents minuscules, ce qui contraste avec sa façon décidée d'agir.

— Gérard ! s'exclame-t-elle, ravie, quand elle entend enfin sa voix. Tu es sur le tapis de course ? demande-t-elle en entendant sa respiration hachée.

— Mais non, j'allais partir dîner.

Elle sait qu'il est avec Alain. Elle devine son impatience. Peut-être même est-il en train de faire l'amour.

— Gérard, il faut que tu changes mon billet. Je veux rentrer demain, demande-t-elle un peu brutalement.

— Ton billet est prévu pour mardi, n'est-ce pas ?

— Oui, pour mardi. Mais je veux rentrer demain.

— Tu vas bien ?

Le silence se prolonge, et Sophie entend le tintement des glaçons.

— Mais oui, je vais bien. S'il faut racheter un nouveau billet, peu importe. Tu peux faire ça pour moi ?

— J'ai toujours tout fait pour toi, dit Gérard, et Sophie sait que c'est vrai.

— Alors, tiens-moi au courant. Sur un ton plus doux, elle ajoute : Gérard, comment va le furet ?

— Ma foi, il ne m'a rien dit, tu le connais, il est très réservé, mais je suis sûr que tu lui manques.

Sophie rit. Gérard ajoute qu'Alain veut lui dire un mot. Ce dernier lui pose des questions polies, genre le temps qu'il fait et si elle s'est bien reposée, et elle répond avec la même amabilité distante. Gérard reprend la communication et lui dit au revoir. Qu'elle ne s'inquiète pas, il va se débrouiller et lui trouver une place pour demain, assure-t-il. Après avoir raccroché, Sophie garde un moment l'appareil dans ses mains, une tentative de prolonger la communication avec Gérard, d'entendre encore sa voix lui poser question sur question, comme à son habitude, sachant que ce n'est pas possible, que Gérard est avec son chéri, et que, même s'il lui a parlé avec sa tendresse habituelle, il est pressé de retourner à ses propres affaires.

La pluie revient sur un ciel indigo et les gouttes à la fenêtre brillent faiblement sous les réverbères qui viennent de s'allumer. Sophie regarde Sebastián qui joue sous le bureau, très concentré, elle entend ses rugissements qui imitent les moteurs, et sent quelque chose qu'elle ne peut identifier.

Quand Sebastián se retourne pour la regarder, elle comprend enfin de quoi il s'agit. Mais elle ne veut pas y mettre un nom. Elle ne veut pas se dire à elle-même que ce qui l'a soudain assaillie, c'est l'évidence de sa solitude. Tout est vrai – la chambre, les murmures de Sebastián, Ramón et Antonia qui préparent le dîner –, mais rien n'est réel pour elle.

— Tu sais, celle-ci peut atteindre deux cent quatre-vingts kilomètres-heure en dix secondes, lui dit Sebastián en lui montrant une Matchbox rouge.

— Alors, les câlins, ça marche toujours ? lui demande Sophie.

— Plus ou moins.

Sophie craint qu'il ne se réfère à son manque d'enthousiasme à les recevoir, et elle se tourne vers la fenêtre. Sous la pluie, le dernier râle du jour a donné une douzaine de gris et de noirs ; pourtant, dans la pièce, on respire un air chaud, accueillant, presque douloureux. Sebastián a repris son jeu et il cherche maintenant un nouvel itinéraire pour ses Matchbox, au-delà des confins de la table.

— Tu as une tante ? lui demande Sophie un peu plus tard, les muscles tendus.

— Oui, tante Isabel.

— Qui est-ce ?

— La sœur de papa.

— Ah oui ? dit Sophie.

— Ah oui, répète Sebastián.

Il pousse une automobile bleue et une blanche, chacune dans une main, dans des directions opposées.

Au premier étage, on entend une musique douce, comme celle des compilations de musique celtique que Gérard adore. Sophie ouvre son cahier et regarde les dessins qu'elle a faits d'Antonia ce matin, mais elle le referme quand les souvenirs reviennent. Son regard s'égare dans la pièce d'Antonia, sur ses papiers jaunes couverts d'annotations, punaisés au mur, sur les pierres de toutes les formes et de toutes les tailles dispersées sur les étagères, sur ce chaos qui l'a frappée d'emblée et qui maintenant ne la dérange plus.

— Et si j'étais ta tante, si j'étais la sœur de ta maman, ça te plairait ? dit-elle soudain.

Elle articule avec précaution, comme si chaque mot était particulièrement fragile.

— Maman n'a pas de sœur. Et le grand-père Manuel est mort, répond Sebastián, les yeux fixés sur les deux voitures qui sont entrées en collision et ont sauté hors de sa piste imaginaire.

— Et si je l'étais quand même, ça te plairait ?

Sebastián la regarde avec un air que Sophie interprète comme de la curiosité, en frottant le bout de ses doigts contre sa poitrine.

— Alors ? insiste-t-elle.

— Tu me donnerais un cadeau pour mon anniversaire et un pour la fête des Rois, hein ?

— Bien sûr.

— Alors ça m'irait très bien, dit-il, et à genoux il part à la recherche d'une des deux Matchbox décapotables, qui a disparu après l'accident.

LE HASARD ET LA NÉCESSITÉ

La télévision, sans le son, scintille sur sa console. Antonia est en pyjama, assise sur le lit, comme si elle hésitait : se coucher auprès de Ramón ou finir une dernière chose avant de dormir. Elle prend la télécommande, passe d'une chaîne à l'autre et trouve une émission sur la vie des poissons.

De son côté, Ramón lit un livre de Jacques Monod. Il l'a trouvé dans la bibliothèque du collège où il enseigne. La lampe de chevet découpe son profil net, soulignant le léger mouvement de ses paupières.

— *Le Hasard et la Nécessité*, lit Antonia sur la couverture. Ça a l'air intéressant.

— C'est un grand-oncle de Sophie qui l'a écrit. Prix Nobel. Tu savais qu'elle avait un prix Nobel dans sa famille ?

— Non. C'est bizarre, nous parlons beaucoup, mais j'ai toujours l'impression que quelque chose m'échappe. Tiens, parle-moi de ce livre.

— Soit. Pour dire les choses simplement, ce M. Monod soutient que la biosphère est le fruit du hasard.

Pendant que Ramón parle, Antonia regarde ses traits symétriques, sans à-coups, qui ne font pas de lui un bel homme, mais il n'empêche que chaque fois qu'il regarde une femme celle-ci lui rend son regard.

— J'aimerais savoir sous quelle étiquette ce monsieur de la biosphère classerait ce que je vais te raconter, dit-elle en dénouant soigneusement sa tresse.

Elle lance un coup d'œil pour voir si ses propos l'ont captivé, mais Ramón s'est replongé dans sa lecture. Il y a un sourire dans ses yeux. Sur l'écran de la télévision, de minuscules poissons argentés de Turquie dévorent des cellules mortes de peau humaine. Au loin, on entend la sirène d'un bateau.

— Tu m'écoutes ? demande Antonia en passant la tête au-dessus du livre.

Il le referme et remonte les coussins.

— Tu m'as dit que tu avais quelque chose à me raconter, dit-il en croisant les mains sur sa poitrine.

— Exactement. Tu es prêt ?

— Ça concerne Sophie, je parie ?

— En effet.

— Vas-y, je t'écoute.

Dehors, les hirondelles volettent sous les auvents qui surplombent les fenêtres.

— Ce soir, pendant que nous préparions à dîner, je me suis aperçue qu'il y avait un petit moment que je n'entendais plus Sebastián. J'ai pensé qu'il devait être dans mon bureau à ennuyer Sophie.

— Il n'ennuie personne, proteste Ramón en esquissant un sourire.

— Je ne sais pas, j'ai l'impression que Sophie n'est pas à l'aise avec les enfants. Elle semble redouter ce qu'ils pensent d'elle. Et ça, bien sûr, c'est un aimant pour Seb, tu le connais. Les vieux, les estropiés et tous les inadaptés du monde.

— C'est très vrai, dit-il sur un ton plein de fierté.

Les cris des hirondelles sont de plus en plus stridents, comme le bruit de leurs pattes quand elles s'affairent d'un bout à l'autre de la corniche.

— Je suis montée pour voir s'il était avec elle. La porte du bureau était entrouverte. Et j'ai vu Sebastián sous la table, il jouait tranquillement avec ses petites voitures. Je l'ai donc laissé et j'en ai profité pour aller dans notre chambre chercher quelque chose, je ne sais plus quoi.

Antonia se tait. Sur l'écran, un ban de poissons noirs se précipite sur un mollusque.

— En revenant, j'ai entendu la voix de Sophie.

Elle baisse la tête et ses cheveux retombent sur son visage. Ramón se penche et ramène une boucle derrière son oreille pour la regarder. En dépit de sa minceur, ses mains sont robustes, comme celles d'un travailleur manuel.

— Et alors ?

— Tu ne vas pas croire ce que je l'ai entendue dire, répond-elle en tripotant son alliance.

— Vas-y, je t'écoute, s'impatiente Ramón.

— Elle demandait à Seb s'il aimerait qu'elle soit ma sœur.

— Elle devait plaisanter.

— Évidemment. Mais le plus étrange, c'est qu'elle n'en avait pas l'air. Elle parlait sur un ton sérieux, je dirais même grave.

— Mais c'est impossible. À vingt-huit ans, tu ne vas pas te retrouver avec une sœur sortie du néant !

— De Paris, pas du néant.

Ramón sourit et lui prend la main.

— Tu es gelée, ma chérie – il approche les doigts d'Antonia de sa bouche et les réchauffe en soufflant dessus. Nous savons tous les deux qu'elle jouait. Mais nous pouvons quand même nous demander s'il y a une chance qu'elle ait dit la vérité.

— Aucune, répond Antonia d'un ton tranchant.

— Ce n'est pas ainsi que se font les découvertes. Voyons quelles pourraient être ses raisons. Si ce n'était pas un jeu, elle a pu le faire pour attirer l'attention de Seb ou pour quémander un câlin.

— Rien de tout cela n'est crédible. Sophie n'aime pas les enfants, je te l'ai déjà dit, et l'intérêt qu'elle éveille chez Seb la met mal à l'aise.

— Alors, changeons d'hypothèse. Admettons que Sophie soit vraiment ta sœur.

— Impossible, le coupe Antonia.

— Allons, c'est juste une conjecture. J'ai compris que ta mère et Sophie avaient à peu près le même âge. Donc, Sophie et toi ne pouvez être sœur du côté maternel. Ou alors, Sophie devrait être la fille de ton père. Il était beaucoup plus âgé que ta mère, n'est-ce pas ?

— Ramón, tu es fou.

Antonia va à la fenêtre. Le raisonnement de Ramón l'inquiète. Au moment où elle regarde dehors, elle entend un battement d'ailes. Une hirondelle s'élance et disparaît dans l'obscurité.

LE SILENCE DE SES MOTS

Derrière la fenêtre de la cuisine, la fontaine du jardin respire la sérénité. Au bord de la vasque, un pot de fleurs fanées qu'Antonia a dû poser là pour le jeter plus tard. Sophie prend son café à la cuisine et Antonia, assise en face d'elle, fait la liste des courses pour le supermarché.

Elle ne sait comment annoncer à Antonia sa décision soudaine de partir. Elle lui avait écrit qu'elle comptait rester une semaine dans l'île, pensant qu'elle profiterait de cette rencontre pour prendre aussi un peu de repos. Quel aveuglement ! Ce n'est pas dans ses intentions de blesser les sentiments d'Antonia en lui disant qu'elle se sent incapable de rester, mais elle ne voudrait pas non plus lui mentir.

Son portable sonne. Elle répond.

Sophie s'adresse à Gérard en français, et Antonia la regarde attentivement en suçant la pointe de son crayon. Gérard lui a trouvé une place pour le soir même, à huit heures. Il l'attendra à Orly, dit-il. Il lui demande si elle va bien. Sophie lui répond par l'affirmative, et ajoute qu'elle lui racontera tout. Et en prononçant le mot "tout", sa voix se brise imperceptiblement. Elle voudrait y parvenir. Extirper de son corps le secret et l'angoisse qu'il comporte. Oui.

Elle va y parvenir. Sur le chemin du retour, elle dira à Gérard qui est Antonia et pourquoi elle n'a pu lui dire qu'elle était sa sœur. Quand elle raccroche, Antonia continue de la regarder, le crayon à la main.

— Tu t'en vas aujourd'hui ? demande-t-elle calmement, avec une certaine froideur.

— Oui, répond sobrement Sophie. La tension de son corps est douloureuse, elle a l'impression d'être écartelée par des tenailles invisibles.

— Je croyais que tu restais jusqu'à mardi, dit Antonia. – Sur son visage, aucune trace du sourire qui l'illumine habituellement. – Il s'est passé quelque chose ?

— C'est mon assistant, il a des problèmes, répond Sophie avec un petit temps de retard.

Antonia ne réagit pas. Des feuilles orangées flottent à la surface de l'eau de la fontaine. Ce n'est pas un silence lourd ; au contraire, il est léger et bienveillant, posé comme pour l'inviter à prononcer d'autres mots. Ses yeux sont fixés sur Sophie, qui cherche à les éviter, mais ne peut ignorer leur intensité. Elle se lève, les battements de son cœur lui martèlent les oreilles et le corps tout entier. Antonia attend d'elle la solution à l'énigme qu'elle lui a posée avec son premier mail, sa visite, les souvenirs qu'elle a reconstitués au cours de leurs promenades. Car à l'évidence Antonia a écouté le silence de ses mots, ce qui est resté en suspens sans être prononcé. Sophie est désolée d'avoir dû aller si loin pour le comprendre. Pour comprendre qu'il faut rester prudent quand on s'approche du passé, prendre ses distances. Comme il est sale et compliqué, le chemin de la pensée, avant d'éclater dans la clarté !

— Je vais faire ma valise, ainsi tout sera prêt pour ce soir. Je vais appeler un taxi pour qu'il passe me prendre à cinq heures et demie. Il faut compter une demi-heure pour aller à l'aéroport, n'est-ce pas ?

— Je t'emmène.

— Mais à cette heure-là il y a le bain des enfants, le dîner, tout ça…

— Ramón peut s'en occuper, répond-elle avec une fermeté qui n'admet pas de réplique. En chemin, je te montrerai la mangrove, un endroit très particulier, une frange de terre à quelques mètres de la mer, où les oiseaux arrivent de tous les coins du monde.

UN LIEU HORS DU TEMPS

Elles passent devant la langue de sable qu'elles ont parcourue hier. L'eau, caressée par le vent, a une consistance rugueuse. Elles ne voient de présence humaine ni sur les plages ni sur les chemins, il n'y a que des arbres et des automobiles sur la route. Au loin, les nuages émettent une clarté jaune et violet. Dans sa petite voiture, Antonia a l'impression de flotter à côté de Sophie, comme si on les avait projetées dans un lieu hors du temps, sans repères. Sur leurs visages, on voit le reflet du silence inquiet.

À peine Sophie avait-elle reçu l'appel de Paris qu'elle était déjà sur le départ, et depuis elles ont échangé peu de mots. Dans la journée, elles ont été incapables d'entamer une conversation légère, mais aucune n'a eu le courage d'aborder le fond du problème.

Antonia aimerait l'interroger sur ce qu'elle l'a entendue dire à travers la porte, mais elle ne veut pas passer pour indiscrète. Elle préfère se taire, même si hier soir, après les raisonnements de Ramón, elle a eu du mal à s'endormir. Elle aimerait que Sophie lui parle, lui parle encore de sa mère et de son père, mais elle n'a plus la force de creuser. Elle a l'impression qu'une flamme s'éteint en elle. Ce n'est pas un sentiment douloureux, sans doute parce qu'elle n'a jamais pu enraciner ce qu'elle a perdu. Il y a des années, elle a pris la décision de ne plus chercher à comprendre, aussi ne se faisait-elle pas trop d'illusions quand cette amie de sa mère a fait irruption dans sa vie.

Les dunes reflètent les couleurs du ciel. La mangrove est à quelques kilomètres de l'aéroport. Des centaines d'oiseaux survolent les marais, les îlots couverts de prés immenses et d'arbustes.

— Ils sont impressionnants, dit Sophie en montrant les oiseaux en plein vol, certains avec d'immenses ailes blanches. Je ne me rappelle pas les avoir vus à mon arrivée.

— Ils parcourent des centaines de kilomètres. C'est leur lieu de repos. Maintenant, la saison froide approche et ils doivent être sur le départ, dit Antonia.

Sophie pense aux oiseaux qui ne pourront pas repartir. Aux malades, aux blessés, à ces oiseaux faibles qui devront rester à la traîne quand leurs pairs prendront leur envol, elle les imagine, engourdis et solitaires, cachés dans les buissons ou sur les branches nues, attendant que l'hiver les emporte. Son départ précipité, c'est une fuite avant que l'hiver la rattrape.

Pour dissimuler et chasser l'émotion née de cette pensée, Sophie pose des questions à Antonia qui répond avec enthousiasme et compétence. Elle lui parle des canards, des cigognes, des grues et des hirondelles. La tension diminue. Elle lui dit que Ramón appartient à la Société protectrice de la mangrove, qu'il essaie de la protéger des assauts de la civilisation.

— Beaucoup font leur nid dans les herbes, certains sont si petits qu'ils utilisent la mousse et les toiles d'araignée pour les construire.

Le crépuscule estompe le contour des lagunes et des broussailles. À l'extrémité de la mangrove, on aperçoit l'aéroport. Il est petit, construit dans les années cinquante, et la structure filiforme de la tour de contrôle rose le domine comme un phare.

La salle d'embarquement est presque vide. Un groupe de pilotes et d'hôtesses de l'air entre d'un pas alerte, traînant leurs valises.

Une hôtesse d'accueil s'occupe d'elles d'un air endormi. Quand la valise de Sophie disparaît sur le tapis roulant, elles se regardent sans dire un mot, sans savoir quoi dire. Antonia décide qu'il est temps de se quitter. Sophie a une respiration oppressée. On dirait que soudain l'air de la salle est devenu insuffisant pour elle.

— Ça va ? lui demande Antonia. Si tu veux, on peut prendre un café ou une boisson ?

— Ça va très bien, ne t'inquiète pas. Il est temps que tu rentres. Tu dois leur manquer.

Le silence retombe. À l'extérieur, on entend les moteurs d'un avion rassemblant ses forces pour décoller.

— Donne un gros baiser à ton fiston. Tu n'imagines pas comme j'aurais aimé leur dire adieu à tous – elle s'interrompt et s'essuie le nez du dos de la main ; elle a les lèvres pincées, comme si leur fonction était de retenir les mots. Oui, donne un gros baiser à Sebastián, à Eloísa aussi, et à Ramón.

Antonia sent que tout est loin, autour d'elle, sauf Sophie qui, en dépit de ses efforts pour le dissimuler, déborde de chagrin. L'image qui l'a traversée tout à l'heure sur la route de l'aéroport revient : celle de Sophie et elle dans un lieu hors du temps.

Elles se disent adieu en s'embrassant maladroitement. Sophie est guindée. Antonia se rappelle sa première impression : celle d'une femme qui ne sait pas toucher ni être touchée. Elles se séparent. Sophie esquisse un sourire fragile qui semble près de se décomposer, fait demi-tour et se dirige vers le fond du hall.

Dans sa voiture, Antonia soupire. Elle démarre, pressée d'arriver à la maison, de sortir du cœur les sentiments étranges qui l'envahissent. Elle ne peut oublier la dernière image de Sophie. Son corps allongé, courbé comme un bambou, s'éloignant lentement, comme s'il ployait sous un poids insupportable. Elle aussi est fatiguée d'une journée écrasante.

Les oiseaux ont disparu des marais. Quelques rares mouettes les survolent encore. Elle ouvre la vitre pour respirer. Son cœur bat fort, mais on dirait qu'il ne pompe pas suffisamment. Elle se gare. Sans les cris des oiseaux, le silence est aussi épais que la mer. Elle contemple les veines de lumière au loin et essaie d'imaginer l'océan qui se cache derrière la ligne d'horizon. Un avion traverse son champ visuel. Son nez, à quarante-cinq degrés, est tourné vers l'orient. C'est un des plus gros qui desservent l'île. Le bruit des moteurs semble fracasser le jour. Un instant, elle se dit que Sophie est dans cet avion, mais il est sept heures du soir et elle ne décolle que dans une heure. Elle se rappelle la dernière image de Sophie. Sans savoir pourquoi, elle fait marche arrière et demi-tour. La silhouette de l'aéroport et de la tour de contrôle rose se dresse de nouveau à l'extrémité de la mangrove.

ELLES NAGEAIENT NUES

Elle se sent plus vulnérable que triste. Comme si on lui avait volé quelque chose. Aussi choisit-elle, après s'être lavé les mains interminablement dans les toilettes du terminal, un coin où se réfugier, un siège à côté du distributeur de boissons, d'où elle voit la piste d'atterrissage. Elle se rappelle que dans sa jeunesse, quand elle était dans cet état d'esprit, elle cherchait une surface brillante pour enterrer ses yeux dans le reflet déformé de la réalité. Maintenant, elle se contente d'une fenêtre.

Elle regarde un avion, encore à terre, qui avance lentement sur la piste principale. Voilà pourquoi elle ne voit pas Antonia s'approcher d'elle et lui effleurer l'épaule.

— Je suis revenue, dit-elle d'un air joyeux, les yeux rayonnants. – Elle lève les mains, comme si elle-même n'en comprenait pas la raison. – Tu veux qu'on le prenne, ce café, avant ton départ ? Moi, j'en ai vraiment besoin.

— Moi aussi, dit Sophie avec un sourire.

Le restaurant est étriqué, il a un petit air suranné. Les serveurs traînent des pieds, en redingote blanche et fripée.

Antonia lui raconte que Sebastián est un grand nageur et que lorsqu'il aura huit ans il suivra avec d'autres un entraînement pour devenir professionnel.

— Ramón pense déjà aux Jeux olympiques, tu te rends compte ! Tout ça, bien sûr, si Sebastián persiste dans cette voie. Parce que nous ne voudrions pas lui imposer nos frustrations. Mais il faut bien reconnaître que Ramón et moi, nous aurions bien aimé être des champions, de n'importe quoi, d'ailleurs, dit-elle, et elles éclatent de rire.

— Ta mère aussi était une grande nageuse. C'était superbe de la voir dans l'eau. Quand elle entrait dans une piscine, quelque chose lui arrivait, elle donnait l'impression d'être à l'endroit même où émergeait sa véritable identité.

— En revanche, tu vois, moi je déteste l'eau, dit Antonia en souriant.

— Une seule fois, nous avons nagé ensemble… murmure Sophie, et elle se tait.

Une voix de femme parle dans les haut-parleurs, paisible et assoupie, comme tout le reste dans cet aéroport.

— On dirait que c'est ton vol, non ?

— Oui, mais il y aura plusieurs appels. Nous avons le temps de finir nos cafés.

— J'imagine que ça devait être très particulier pour que tu t'en souviennes.

— Oui, bien sûr, même si, comme toi, je n'aime pas l'eau. Nous nagions nues.

De nouveau, elles sont sans paroles. L'ardeur retrouvée grâce au retour d'Antonia semble s'être éteinte.

L'image des boucles de Morgana s'étalant comme une algue marine dans l'eau traverse le temps. Soudain tout s'éclaire aux yeux de Sophie. Elles nageaient vers un avenir incertain, le corps et l'âme nus. Diego aussi. Oui, Diego aussi.

Le restaurant s'est vidé. Antonia se racle la gorge et le son résonne dans l'espace vide. Derrière le vitrage, l'avion d'Air France, le seul sur le tarmac, ressemble à un énorme animal préhistorique. De nouveau, une voix de femme annonce le vol.

— Tu devrais y aller.

— Oui, dit Sophie, mais elle ne fait pas mine de se lever.

Elle se sent soudain incapable de se lever, de prendre son sac et de se diriger vers la porte d'embarquement. Ce n'est qu'en entendant son nom dans les haut-parleurs qu'elle comprend qu'elle ne veut pas quitter Antonia. C'est une certitude qui la frappe de plein fouet, et lui apporte en même temps une tranquillité immense. Elle pense aux oiseaux qui atteignent la mangrove. Elle regarde Antonia. La moitié perdue d'elle-même. ce qui les unit d'une façon qui dépasse les formes n'est pas un récit, c'est la fulgurance d'une personne qui cherche ses origines, sa propre origine. Si elle parvient à lui transmettre ce qu'elle ressent, Antonia lui pardonnera peut-être.

FISSURES :
PAUL SIMON ET BRIAN CLARK

Paul Simon composa *Slip Slidin'Away* en 1977, quatre ans après que Morgana avait chanté cette chanson en ce jour fatal de 1973. Il arrive parfois que la réalité s'infiltre sous les formes les plus étranges par les fissures de la fiction. Quand cela arrive, la seule solution est de la laisser suivre son cours inattendu.

*

Brian Clark était une des quatre personnes qui s'en sortirent dans les étages au-dessus de l'impact dans la tour sud, le 11 septembre 2001. D'origine canadienne, Clark travaillait pour la firme Euro Brokers. Son collègue Ron Di Francesco, un autre des quatre survivants, était parmi les derniers à sortir avant l'effondrement de la tour. Il se réveilla trois jours plus tard dans un lit d'hôpital avec une commotion cérébrale et des brûlures sur la plus grande partie du corps.

TABLE

OUVRAGE RÉALISÉ
PAR L'ATELIER GRAPHIQUE ACTES SUD
ACHEVÉ D'IMPRIMER
SUR ROTO-PAGE
EN MAI 2013
PAR L'IMPRIMERIE FLOCH
À MAYENNE
POUR LE COMPTE DES ÉDITIONS
ACTES SUD
LE MÉJAN
PLACE NINA-BERBEROVA
13200 ARLES

DÉPÔT LÉGAL
1re ÉDITION : JUIN 2013

N° impr. : 84863
(Imprimé en France)